日本の古典はエロが9割

ちんまん日本文学史

大塚ひかり

日本文芸社

はじめに

古典文学の神髄は、性愛にある。

まぐわいで国と神々を作った『古事記』『日本書紀』のイザナキ・イザナミ夫婦は言うに及ばず、『源氏物語』は全編不倫文学と言えるし、『今昔《こんじゃく》物語集』などの説話集のほとんどは性愛絡みです。

日本の古典の九割はエロ話と言っても過言ではありません。

といっても神話にはエロがつきもので、エジプト神話や、西洋でもキリスト教が生まれる前のギリシア神話などはエロ話に満ちているものの、日本の場合、前近代を通じてほぼ一貫して性愛を真正面から扱っている。しかもそれが『日本書紀』などの国の「正史」に堂々と描かれているところに独自性があります。

そこで描かれる性愛絡みの親子関係、同性愛や愛執といったテーマは、漫画やアニメのそれとも重なり、クールジャパンのルーツは日本の古典文学にあると言えるでしょう。

本書では、そんな性愛に満ちた日本の古典文学の中から、ぜひ知っておきたい「ちんまん」話の数々を、『古事記』『源氏物語』をはじめ、愛とホラーに満ちた江戸初期の怪談話、井原西鶴《さいかく》の好色物、小林一茶《いっさ》の日記や『東海道四谷怪談』に至るまで、数は源氏五十四帖にちなんで、五十四篇ご紹介します。

日本の古典文学の、時に可笑しく、時に切なくも恐ろしい、底なしに豊かな性愛の世界をお楽しみいただければ幸いです。

大塚ひかり

日本の古典はエロが9割　ちんまん日本文学史……目次

第二章 「まん葉」時代のエロスは底抜け

第三章　『源氏物語』──奥ゆかしさの裏の過激なエロス

第四章　仏の道もちんまん　ゆるい日本仏教のセックス観

第五章　エロスとホラーは紙一重　近世の不条理な性愛話

装画　宇野亞喜良
装幀　芦澤泰偉

日本の古典はエロが9割　ちんまん日本文学史

凡例

＊本書では、古典文学から引用した原文は〝　〟で囲んであります。

＊〝　〟内のルビは旧仮名遣いで表記してあります。

＊引用した原文は本によって読み下し文や振り仮名の異なる場合がありますが、巻末にあげた参考文献にもとづいています。ただし読みやすさを優先して句読点や「　」を補ったり、片仮名を平仮名に、平仮名を漢字に、旧字体を新字体に、変えたものもあります。

＊日本神話の神名は原文では漢字ですが、登場箇所や本によって表記がまちまちなため、旧仮名遣いの片仮名表記が中心です。

＊日本神話の神名は省略している場合があります。（例）タケハヤスサノヲノ命→スサノヲノ命、スサノヲ

＊引用文献の趣意を生かすため、やむを得ず差別的な表現を一部使用していることをお断りします。

第一章

性＝生＝政の時代　日本神話のちんまん模様

1 セックスのやり方を教えてくれる神話『古事記』

はじめてセックスの仕組みを知った時、恐怖で心が震えました。

果たしてあのようなものがあの場所に支障なく入るのか？という畏《おそ》れと、それで気持ちがいいのか人間は？という驚きと物悲しさと滑稽さ……。

そんなセックスの仕組みを、日本神話は手を取るように親身に教えてくれます。まず夫のイザナキが、「お前の体はどうやってできているの？」と、妹であり妻であるイザナミに聞くと、

「私の体は、どんどんできていって、閉じ合わない所が一箇所あるの」と、イザナミ。

するとイザナキは、「俺の体は、どんどんできていって、余った所が一箇所あるんだ。じゃあこの俺の体の余った所でもって、お前の体の閉じ合わない所を刺し塞いで、国土を生もうと思う。生むのはどう？」「いいわよ」というわけで、

「ああなんて愛しい男なの」（〝あなにやし、愛《え》をとこを〟）

「ああなんて愛しい乙女なんだ」（〝あなにやし、愛をとめを〟）

と、互いに〝愛〟のことばをかわしあったあと、セックスして生まれたのが私たちの住む日本と、海の神やら山の神といった日本の神々でした。

何かを生み出すには「セックス」という頭が古代人にはあって、エジプト神話でも、海の中から生まれた太陽神のラーがまず自分の手と交わって大気の神シュウと湿気の女神テフヌトという兄妹神を生みます。要するに最初の神々は太陽神のオナニーで生まれる。で、生まれた神々は兄妹でセックスし、大地の神ゲブと天空の女神ヌトを生み、この神々がまた兄妹でいつもぴったりくっついてセックスばかりしていた。そこで父神シュウがあいだに入って引き離したため、天空と大地が生まれた、と。

エジプトも日本も世界のはじめにセックスがあったんです。だけど日本はセックスで生まれ、エジプトはセックスを引き離されて生まれた。

この違いは大きいというか、このあたりに、日本のちんまん大国ぶり、不倫文学とも言える『源氏物語』が国民文学となるお国柄の芽がすでに潜んでいるのかもしれません。

しかも体の仕組みやセックスのやり方から説いてくれるのは日本神話くらいではないでしょうか(ほかにもあったら、すみません)。

「生むのはどう?」と、女の意志をちゃんと確かめているのも、日本神話の素晴らしさです。

とはいえ、その後の展開はなかなかホラーで、最初に生まれた子は足の立たない、ぐにゃぐにゃの〝水蛭子《ひるこ》〟だというんで葦船に入れて流し捨ててしまうし、その後もイザナミは次々と計十四島三十五神を生み続けるという過酷な展開。しまいには、火の神を生んだ妻イザナミは〝みほと〟(御女性器)が焼けたのが原因で死んでしまい、イザナキはと言えば、妻の死因となった我が子の火の神を斬り殺してしまう。

そうして妻を追って黄泉《よみ》の国に行く。

ところが、妻の腐乱した醜い姿を見たイザナキは、一転、逃げだし、黄泉の醜女や妻に追われるという恐ろしい目にも遭っている。

かくして、あの世とこの世の境にある大岩を挟み、二人は永遠の別れを告げることになります。

その時も、二人はなおも〝愛〟のことばで互いを呼び合います。

「いとしい私のあなた（〝愛《うつく》しき我がなせの命〟）、あなたがそうするなら、あなたの国の〝人草〟（人間）を一日千頭くびり殺しましょう」

と、妻イザナミが言えば、

「いとしい私の妻よ（〝愛しき我がなに妹《も》の命〟）、あなたがそうするなら、私は一日に千五百の産屋を作ろう」

と、夫イザナキが答える。

これが人間の死と生の起源だというのです。

セックス前、〝愛〟のことばをかわした二人には、別れに際してもなお〝愛〟の名残があった。

だからこそ憎しみも深く、死の中にも、それを上回る生を秘めていたのです。

憎しみや死のはじめには愛があった。

愛あるセックスがあった。

そう神話は教えてくれます。

2　ちんを切るか、まんを焼かれるか　『古事記』『日本書紀』

イザナキとイザナミ夫婦は『古事記』によると、性愛に性愛を重ね、日本列島を形成する十四の島と、三十五の神々を生みます。

その最後に、イザナミは火の神を生んだため、〝みほと〟が焼けたことが原因で死んでしまいます。〝みほと〟の〝み〟は「御」。〝ほと〟は女性器。文字通り「御《お》まんこ」が焼けて死んでしまうのです。

よりによってまんが焼けて死ななくても……と思うんですが、実は神話には多いんですよ。まんの損傷が原因で死ぬ女神や巫女《みこ》の話が。

イザナキ夫婦の子のアマテラスとスサノヲは姉弟で子作りしたりして、これまた突っ込み所満載なのですが、そのいきさつは追々説明するとして、そのあと、スサノヲがアマテラスにいろんな嫌がらせをするんです。アマテラスの作る田を壊して〝屎《くそ》〟をし散らしたり、アマテラスの神聖な機織り殿の天井から皮を逆さに剝《は》いだ馬を投げ入れたり。で、それに驚いた〝天《あめ》の服織女《はとりめ》〟が機織り道具で〝ほと〟を突いて死んでしまう。

また『日本書紀』では、孝霊《こうれい》天皇の皇女はオホモノヌシノ神と結婚した巫女的存在なのですが、夫の正体＝小蛇を見て驚き、それを恥じた夫に去られてがっくり尻餅をついた拍子に、〝箸〟に〝ほと〟をついて死んでしまいます。それでその墓は〝箸墓《はしのみはか》〟といい、奈良県の箸墓《はしはか》古墳がこれに当たるらしい。

ちなみにオホモノヌシは『古事記』でも〝丹塗矢《にぬりや》〟（赤く塗った矢）に化けて、大便中の美女の〝ほと〟を突いて驚かせています。このオホモノヌシと美女がセックスして生まれたのが初代神《じん》武《む》天皇の皇后。こういういきさつがあって〝神の御子〟とされ、皇后に選定されたわけです。

古代日本人にしてみたら、まんは男を惹きつけるし子も生むしで、凄いパワーを持っているだけに、それが傷つくと女神や巫女の「霊力もなくなる」＝「死」と考えられていたんじゃないか。

古代人のちんまんへのこだわりは世界規模で、古代エジプト神話では、弟に殺されてバラバラにされたオシリスの死体を、妻（姉妹でもある）があちこち探して見つけるものの、ちんだけが魚に食われて見つからなかったんです。全身が揃ってないと死者は蘇ることができませんから、ちんの代わりにニセちんを作ってつなぎあわせ、包帯でくるんだものが「ミイラのはじまり」なんだとか（芝崎みゆき『古代エジプトうんちく図鑑』より）。よりによって、ちんだけが見つからなかったというのが、エジプト人のちんにかける思いの深さを浮き彫りにしています。

ギリシア神話の美の女神アフロディーテにしても、クロノスによって切り取られ海に棄てられた天空神ウラノスのちんから白い精液が湧きだし、その精液の泡から生まれたわけで（吉田敦彦『世界の始まりの物語』など）。ボッティチェリの有名な「ビーナスの誕生」（海に浮かぶ大きな貝殻から裸の美女が生まれる絵）はこの神話がもとになっている。泡立つ海は要するにウラノスの精液なんですね。

でも日本神話では、まんの損傷話はあっても、ちんの損傷話は見られません。なぜか、については拙著『本当はエロかった昔の日本』で追究していますので、詳細はそちらをご覧下さい（ちょこっと知りたいよ！という方のために、簡単に言うと、「チン切り」つまり「男根を切る」というのは、基本的に、強い権力をもつ男が妻妾たちの「性」を独占し、自分の地位や財産を、自分の血を継ぐ者だけに伝えるために行われた行為。そこでは「どの父の子か」が問われる父系的な論理が働いている。一方、母系社会的な要素が強い古代の日本では、極端に言えば父は誰でもいいわけで、「チン切り」の必要もなく発想もなかった……というのが私の考えです）。

3 子捨てに子殺し、姉弟間闘争　神話のダークな権力闘争『古事記』

性愛で日本の国土と神々を生み続けたイザナキ・イザナミ夫妻。が、イザナミが火の神を生み、〝みほと〟（御女性器）が焼けたのが原因で死んでしまうと、夫のイザナキは、

「愛しい妻をたかだか一人の子と引き替えにするとは」

と悲しみ、生まれたばかりの我が子の首を剣で斬り落としてしまいます。イザナキ夫妻、最初に生まれた子は「足が萎えてるから」と捨ててしまうし、古代日本の赤子の命、めちゃめちゃ軽いです。

イザナキはその後、妻を追って黄泉《よみ》の国へ行くものの、腐乱死体となった妻の姿を見て逃げ帰り、黄泉の穢《けが》れを落とすための〝禊《みそぎ》〟をした際、生まれたのが太陽神アマテラスと海神スサノヲでした。

このスサノヲが母を思って泣いてばかりいるので、父イザナキは、

「お前はこの国に住むな」

と追放してしまう。イザナキって、火の神の時もそうですが父親としてはサイテーです。

子捨てに子殺し（それも首を斬り落とすという）、育児放棄と、昨今の虐待ニュースの親の原

型がここにはある。そうしたことを隠蔽せずに記すことで、神話は人間の何たるか、人間は放っておくとそんなことまでしてしまう生き物であることを語っているのです。

さて、父に追放されたスサノヲが姉のアマテラスに「いとまごいしよう」と天上界に向かうと、なにしろ神々は大自然そのものですから、その拍子に大地が震動し、驚いたアマテラスは「我が国を奪いに来たのだ」と疑って、男装して戦闘態勢で待ち受けます。父といい姉といい、肉親の信頼関係ゼロ。日本神話はしょっぱなから家族の崩壊を描いている。いじめ自殺があったのに、「いじめ」を「なかった」とする学校はありがちですが、マイナスのことでも「あるもの」として見つめる神話の姿勢、私は好きです。「あるもの」と認めてから、すべては……対応も対策も……始まるのですから。

さて、この時、スサノヲは「国を奪うつもりはない」証明に「〝うけひ〟をして子作りしよう」と提案します。

〝うけひ〟とは、神意を問うための誓約をすることなんですが、実は、前提となる「誓約」が『古事記』では語られないので、一体どういう結果が出たら、スサノヲが潔白ということになるのやら、さっぱり分からないという妙な神話で、のちのちこれがトラブルのもとになるんですが……。

いずれにしても、潔白を証明するために姉弟で子作り。それも男装の女と男が、なのですから、日本神話って恐ろしいほどちんまんです。

しかも、この二人の子作りが、実にロマンチック。

天の河をはさんでアマテラスがまず弟スサノヲの腰の剣をもらい受け、それを三段に折って、玉の音もゆらゆらと天の神聖な泉で洗い清め、噛みに噛んで吐き出した息吹の中から三人の女神が生まれる。

次はスサノヲが姉アマテラスの左の〝みづら〟（髪の房）に巻いた玉をもらい受け、玉の音もゆらゆらと天の神聖な泉で洗い清め、噛みに噛んで吐き出した息吹の中から男神が生まれる。同じように右のみづらに巻いた玉、髪飾りの玉、左手に巻いた玉、右手に巻いた玉……と、姉の身につけたアクセサリーを、スサノヲが一つ一つ受け取っては洗い清め、口に含んで何度も噛んで、吐き出した息吹の中に、次々と男神が生まれていく。

古典文学では剣は男性器、玉は女性器の象徴と決まってます。

互いのちんまんを交換し、口に含んで混ぜ合わせ生まれる命……説明すると一気に品下《しなくだ》る禁断の姉弟婚を、こんなに幻想的に描く日本の古代人って素晴らしい。

が、いいムードなのは一瞬で、このあとアマテラスが、

「五人の男子は私の〝物実《ものざね》〟（物事のもととなるもの。物の種）から成ったから私の子だ。三人の女子はお前の〝物実〟から成ったんだからお前の子だ」

と男子を取ってから二人の関係はおかしくなってしまう。

ふつうに考えれば、スサノヲの息吹から生まれた五人の男子は彼の子です。というか、二人で作ったなら二人の子でもよさそうなのに、アマテラスはどうしても男子を独占したかった。

なぜならこの男子の中に、のちに天皇家の先祖とされるオシホミミがいたからです。

しかもオシホミミは本当はスサノヲの子（子孫）らしいんですよ。

このあたりは諸説あって確実なことは不明なんですが、スサノヲとその子孫がもともと支配者だったのに権力闘争に負けて、アマテラス側の系図に組み込まれた。アマテラス側が神話を作る際、

「オシホミミって有名人じゃん？　うちらの先祖ってことにしたいなぁ」

と考えた結果、

「うちらの神のアマテラスとスサノヲに子作りさせて、理由をつけてアマテラスの子にしちゃえ」

となったらしい。

つまりスサノヲとアマテラスは姉弟でも何でもなくて、二つの勢力による権力闘争の過程で、旧来の支配者の名をもアマテラスの系図に組み込むために後付けされた神話なんでしょう。戦国武将がニセ系図を作ったようなものでしょうね。

幻想的な姉弟婚にはダークな権力闘争の歴史が潜んでいたんです。

4　怖いくらい「ちんまん」にこだわる古代人『古事記』

イザナキ・イザナミ兄妹のセックスによる国作り、彼らの子であるアマテラス・スサノヲの間接的な姉弟婚のあとも、日本神話は「ちんまん道」を歩み続けます。

スサノヲの息吹から生まれた男子らを「私の〝物実《ものざね》〟（物の種）から生まれたから私の子だ」とアマテラスが告げると、スサノヲは、

「私の心が潔白だから、私は女子を得た。私の〝勝ち〟だ」

と宣言。〝勝ちさびに〟（勝ちに乗じて）アマテラスの田を壊したり、収穫物を神に感謝して食べる神聖な御殿に〝屎《くそ》〟をし散らします。

女子が生まれたから勝ちになるという取り決めもないのに、〝勝ち〟だというのもおかしな話だし、仮に勝ったとしても、それで暴れるのも妙な話です。

やっぱり自分の息吹から生まれた男子を「私の〝物実〟から生まれたから」と姉に取られたことが悔しかったんですかね。アマテラスに「お前の〝物実〟から生まれたからお前の子だ」と押しつけられた女神三人は、由緒ある宗像《むなかた》神社の祭神とはいえ、姉に取られた男子の一人は天皇家の祖先神ですからね。それにしては「私は女子を得たから勝ちだ」と言っているのもおかしい

し……。

このへんにも諸説あるんですが、どっちにしても脱糞するって強烈です。

現代日本でも、嫌がらせに自分のうんこを人んちに投げ込んだおばちゃんが逮捕されたことがかつてありましたが、うんこって破壊力ありますから嫌がらせの基本なんでしょう。『源氏物語』でも、桐壺《きりつぼ》帝の寵愛を受ける桐壺更衣に嫉妬した者が、送り迎えの女房の通路に汚物を撒いた、とありました。

しかし神は嫌がらせといってもスケールが違う。

スサノヲは続いて、アマテラスの神聖な機織り殿の天井に穴を開け、皮を逆さに剝《は》いだ馬を投げ入れたものですから、中で神の御着物を織っていた機織り女は、驚いた拍子に道具で〝ほと〟(まん)を突いて死んでしまいます。火の神を生んでまんが焼けて死ぬイザナミといい、古代人のちんまんへのこだわりは怖いくらいですが、ここで終わる日本神話じゃありません。

ショックを受けたアマテラスが天《あめ》の石屋《いわや》の戸を開き、中に引き籠もったため、世界は真っ暗闇に。アマテラスは太陽神だからこんなことになるわけですが、その時、世界を救ったのがこれまた、まん。

八百万《やおよろず》の神の相談の結果、アメノウズメが石屋の前に桶を伏せ、その上にお立ち台よろしく乗って踊ります。

〝胸乳《むなち》〟を出し、裳《も》の紐をほどいて〝ほと〟のあたりまで垂らし、つまりおっぱいとまんを出して。その時、八百万の神は打ち合わせ通り大笑いしたので、怪しんだアマテラスがそっと石屋の

戸を開けたところに、

「あなたより貴い神がいらっしゃるので喜び笑って神楽をしているのです」

と、準備していた〝鏡〟を差し出し、アマテラスがますます怪しんで少し出てきたところを怪力の神がその手をつかんで引き出したため、世界に光が戻ったわけです。

ちなみにアマテラスに示された鏡は、その名もアマツマラという男根の象徴である鍛冶職の神と、石のように凝り固めるという意味のイシコリドメという女神の共同作業で作られました。三浦佑之の『古事記講義』によれば、この場面、女神が男根を鉄槌のように堅くするという性的表現によって、鉄を鍛錬する様が描かれていると。日本神話、どこまでもちんまん尽くしです。

5 尻から食べ物を出す女神 『古事記』『出雲国風土記』

天上界で狼藉を働き、姉アマテラスの引き籠もりによって世が暗黒になるという事態を引き起こしたスサノヲは、八百万《やおよろず》の神の合議によって天上界を追放されてしまいます。

そして天上界から地上へ降臨するあいだにも、いろいろとやらかしてくれます。

彼は、オホゲツヒメノ神という食べ物の女神に食事を要求した際、オホゲツヒメが鼻と口と尻からいろんな食べ物を取り出して料理するのを見てしまったのです。

鼻と口と尻から食べ物。

これまた衝撃というか、ホラーというか……。

食べ物の女神だから体内に食べ物が詰まっているんでしょうが、女神の死体から穀物が誕生するという神話は「インドネシアなど南太平洋一帯に分布」(三浦佑之『口語訳古事記』)するといい、この女神の死体からもいろいろ生まれています。その話を導き出すための神話だとしても、まだ生きているうちに体から食べ物を出すなんて、スサノヲじゃなくてもびっくりでしょう。とくに〝尻〟からってのに。それでスサノヲは「食べ物を汚している」と勘違いして女神を殺してしまいます。で、殺されたオホゲツヒメの体からは予定通りというか、頭に蚕《かいこ》、両目に稲、両耳に粟、鼻に小豆、〝ほと〟（まん）に麦、〝尻〟に大豆がなる。

きっちり、まんにも麦なんかがなっているところに古代人のこだわりを感じます。

こうして穀物の誕生神話に関与したあと、スサノヲはついに地上の出雲に降臨します。その時、お箸が川の上流から流れてきたので、上のほうに人がいると考えたスサノヲが川を辿っていくと、老夫婦が二人、少女を挟んで泣いています。わけを聞いたスサノヲに翁が言うには、

「私にはもともと八人の娘がいたんですが、〝高志《こし》〟（越の国＝北陸地方、古志郷＝出雲市説も）のヤマタノヲロチが毎年来て食べてしまいました。今またそいつが来る時が近づいているんです」

翁によればヤマタノヲロチの目はホオズキのように赤く、一つの体に八つの頭と尾があって、体には木々が生い茂り、その長さは谷八つ、山八つにわたるという巨大な化け物。しかも腹からいつも血を流しているという、なんとも不気味な奴なのです。が、それを聞いたスサノヲの第一声は意外というか、やはりと言うべきか、スサノヲは泣き沈む翁に言ったのです。

「そのお前の娘を俺にくれるか？」と。

これほどの化け物の話を聞いても、怖がるどころか、まずは目の前の娘をくれ、と。結婚させろ、やらせろ、というのですから日本神話はどこまでもちんまんです。

とはいえ翁も、名も知らぬ男にたった一人残された娘はやれません。

「畏《おそ》れ多いことです。まだお名前を伺っておりません」

「俺はアマテラス大御神の〝いろせ〟（同母兄弟）だ。今、天からお降りになったのだ」

いわゆる自敬表現ですが、語り手のスサノヲへの敬意から、こんな表現になったのでしょう。

「それでしたら畏れ多いことです。差し上げます」ということに。

こうして少女を得たスサノヲは彼女を一本の櫛《くし》に変え、自分の〝みづら〟（髪の束）に挿します。少女を化け物から隠すためにしても、なぜわざわざそんなことをするのか。櫛に魔除け効果があるからなど諸説ありますが、スサノヲの偉大な力を印象づけているのでしょう。櫛＝少女を身につけたスサノヲは、老夫婦に命じてたくさんの酒を用意させます。そして現れたヤマタノヲロチが酒を飲んで酔い伏したところを、剣でずたずたに切り殺します。

要するに「知恵の勝利」です。

追放されたとはいえ、天上界という先進地域から来た神の風格を感じさせます。退治したヤマタノヲロチの尾から出てきたのが草薙《くさなぎ》の剣《つるぎ》。スサノヲはこれをアマテラスに献上したあと、少女とめでたく結婚します。

天界を追放された暴れん坊のスサノヲは、地上では化け物から少女を救い、子孫のオホナムヂに対してはオホクニヌシ（大国主神）として地上を治めるよう呼びかけるなど英雄に生まれ変わります。

この二面性は、実は、政治的に作られたもの。

というのも、スサノヲのお膝元である出雲で作られた『出雲国風土記』のスサノヲには荒ぶる神の要素は皆無で、「古老の言い伝えによると、スサノヲノ命が佐世の木（どんな木かは未詳）の葉を髪飾りに挿して踊られた時に、挿していらした佐世の木の葉が、地に落ちた。それでそこは

〝佐世〟という地名になった」といった文脈で登場したりします。

スサノヲは踊っている。それもミカドの御前で、紅葉や菊を挿頭《かざし》にして舞った『源氏物語』の源氏さながらの、雅《みやび》な姿で。

『古事記』『日本書紀』のスサノヲが暴れん坊なのは、スサノヲ側＝出雲側から「国譲り」という形で国を奪ったアマテラス側の行為を正当化するためでしょう。暴れたり泣いたりといった怨霊的な要素があるのも、出雲側が苦労して作った国を、油揚さらうトンビのごとく奪うアマテラス側への、出雲系の神の怒りを代表させられてのことだと私は考えます。

スサノヲがもともと農業神、豊穣神だったということは諸氏の研究書に見えるところで、『出雲国風土記』での踊りも、豊穣を祈る祭での一コマだったのではないか。そしてこうした平和な姿こそ、彼の本来の姿だったと思うのです。

6　愛と死のオホクニヌシ　『古事記』『播磨国風土記』

地上に降臨したスサノヲは、ヤマタノヲロチという化け物から少女を救う英雄に生まれ変わります。この少女とスサノヲの子孫が、「だいこくさま」として今も親しまれているオホクニヌシノ神（大国主神）。

オホクニヌシは今まで取り上げたどの神様よりも好色……というか、モテモテの神で、有名な「因幡《いなば》の白ウサギ」も、実はオホクニヌシのモテ話です。

オホクニヌシには五つの名があり、それだけでもその偉大さが分かるのですが、もとはオホナムヂ（オホナムチ、オホアナムヂ、オホナモチとも）という名で、〝八十神《やそかみ》〟（たくさんの神）の異母兄弟がいました。その兄弟たちがある日、皆で因幡のヤカミヒメに求婚しに出かけることになりました。その時、荷物持ちとして連れて行かれたのがオホナムヂ。母の身分が低かったのか、いじめられキャラだったのか。いずれにしても、だいこくさまが大きな袋を担いでいるのは荷物持ちだったからなんです。

一行が気多《けた》の岬にさしかかった時、赤裸のウサギが倒れていた。このあたりは童話と同じです。島から岬へ渡ろうとしたウサギが「一族の数を比べよう」と海のワニ（サメを指すらしい）をだまし、その背中を踏んで地上目前というところで、よせばいいのに「だまされてやんの～」的にワニたちをバカにした。それで怒ったワニに〝衣服《ころも》〟（皮）を剝《は》がれて伏せっていたところ、通りかかった八十神たちに言われるままに海水を浴び、風に吹かれて皮が裂けて泣いていた。そこへオホナムヂが来て「体を真水で洗い、ガマの穂をしきつめた上に転がれ」と教え、ウサギの傷は治ったわけです。

この話、ウサギは乙女で、ワニたちにレイプされ倒れていたところを、八十神たちにセカンドレイプされたなんて怖い俗説もあります。

レイプと言えば、『播磨国風土記』には、酒造りのための稲を搗《つ》く女を、神功《じんぐう》皇后の従者が犯して、女の〝ほと〟（まん）が裂けたのでそこは〝陰絶田《ほとたちた》〟という地名になったという話もある。現代語なら、さしずめ万子切田《まんこきれた》といった地名でしょうか。

こういう不幸な事件がもとで地名ができたという話はけっこうあって、神武天皇の兄が傷を負って手についた血を洗ったから〝血沼海《ちぬのうみ》〟とか、血があふれんばかりに流れたから〝血田《ちだ》〟とか、古代神話には縁起の悪そうな由来がいっぱいあります。

思うに古代人には、マイナス要素をも取り込んで己の力にしようという発想があったのでしょう。レイプやいじめを隠蔽せずに「あるもの」として認め、未来の人たちのパワーにしようという古代人の感覚には敬意を覚えます。

さてウサギを助けたオホナムヂは、

「袋を背負う賤しい身でもあなたが姫を得るだろう」

というウサギの予言通り、ヤカミヒメに選ばれます。

八十神にしたら、自分たちを差しおいて、荷物持ちが選ばれたんですから、友達の付き添いでオーディションに行ったら付き添いが選ばれたという、その友達以上に悔しかったでしょう。それでオホナムヂを、

〝殺さむ〟（殺そう）

と考えた。そして、

「この山には珍しい赤猪がいる。俺たちが追い落とすからお前はふもとで受け止めろ」

と嘘《うそ》をついて焼け石を落として殺したり、大木の割れ目にくさびを打ち込み、中にオホナムヂを入らせたあと、くさびを抜いて圧死させたり。

オホナムヂはそのたびに母の手で蘇生するのですが、

「ここにいたら八十神に滅ぼされるから」

という母の意向で紀国《きのくに》のオホヤビコのもとに行きます。そこへ八十神が追って来たので、オホヤビコはオホナムヂを木の俣《また》からくぐらせて、スサノヲのいる〝根堅州国《ねのかたすくに》〟に逃がすのです。

つくづく神話というのは、愛と死の物語ですね。

根堅州国というのは死んだ祖霊の住む国らしいのですが、あの世とこの世がツーカーなのが神話。

で、オホナムヂ、その根堅州国でもモテてしまう。

到着すると、スサノヲの娘のスセリビメが出てきて、彼を見るや〝目合為て相婚〟と、なる。ここの読み方は諸説ありますが、要するに会うなりセックスした、と。その後、スセリビメは父スサノヲのもとに行き、〝甚麗《いと》しき神〟が来た、と報告します。やってから紹介する。スセリビメのスセリは「勢いのままに進む」という意で、その名の通り進んだお姫様です。

そしてオホナムヂ、イケメンだったのですね。

そもそもオホナムヂ、『古事記』によれば、スサノヲから数えて七代目の子孫なのに、その娘とセックスって、年齢的にどうなってんだか。しかも、この時点ですでにオホナムヂの妻は二人になってます。それも両方、女からの誘い。オホナムヂのモテ道はさらに続きます。

7 土地の有力者（女）との結婚で勢力拡大 『古事記』

『古事記』によればスサノヲから数えて七代目の子孫のオホナムヂ（オホアナムヂ、オホナムチとも。のちのオホクニヌシ）は、高貴な兄弟たちをさしおいて因幡《いなば》のヤカミヒメに選ばれます。そのため兄弟たちに二度も殺され、逃げた根堅州国《ねのかたすくに》では、スサノヲの娘のスセリビメにイケメンぶりを愛でられて結婚。スサノヲに課せられた試練に打ち勝って、オホクニヌシノ神（大国主神）となり、スセリビメを正妻にして、再び出雲に戻って来ます。そこで約束通りヤカミヒメと結婚するのですが、ヤカミヒメはスセリビメを恐れ、生まれた子を〝木の俣《また》〟にさし挟んで因幡に帰ってしまいます。それでその子は〝木俣神《きまたのかみ》〟と名づけられた、と。

これまた突っ込み所満載な凄い展開になるわけですが、昔の乳幼児の命、軽いです。そもそも捨て子が禁止されたのは、江戸時代、徳川綱吉《つなよし》が生類憐《しょうるいあわ》れみ令を出した時のことで、それまでは罪にもならなかった。イザナキ・イザナミ夫妻からして、最初に生まれた子は、足の立たないぐにゃぐにゃの〝水蛭子《ひるこ》〟だからと、葦船に入れて流し捨ててます。こうしたことが記されるのは、実際に人間界でそうしたことがあったから。再三繰り返していることですが、こうした人間のマイナス面をこれでもかこれでもかとえぐり出すのが神話の素晴らしいところです（そういう事実が「ある」と認定されなけりゃ対策も立てられないですから）。

それにしても、ヤカミヒメが子を捨ててまで因幡に逃げ帰ったのは、スセリビメが相当怖い人だったからでしょう。

そしてそういう怖い正妻のいる男に限って女好きなのは、妻にばれるとまずいというスリルが快感につながるからか、はたまた妻に怒られることがマゾヒスティックな快感につながるから、なのか……。真面目な話、古代の英雄があちこちに妻を持っているのは、土地の有力者（母系的な社会の当時、『播磨国風土記』『肥前国風土記』などには女首長も存在します）やその娘との結婚がその土地の制圧にもつながっているから、でしょう。

性＝政であり、生だったのです。

続いてオホナムヂ、〝高志《こし》〟（越）のヌナカハヒメと結婚します。越は今の北陸地方のことで、ヌナカハヒメがいたのは新潟の糸魚川《いといがわ》あたりと言われています。古代、糸魚川はヒスイの産地としても有名で、豊かに発展していました。それでオホナムヂはぜひともそこの有力者である彼女と結婚したかったのでしょう。

ヤカミヒメやスセリビメの時は女のほうが積極的だったのに、オホナムヂが初めて主体的になるのがこのヌナカハヒメの時で、その時の彼はヤチホコノ神と呼ばれる。三浦佑之の『口語訳古事記』によれば「おのれの身のホコがすごいからヤチホコ様」。ホコは矛。ちんの象徴です。確かにヤチホコと呼ばれる時のオホナムヂは、草食男子からいきなり肉食系に変貌した感があって、恋の歌までうたっちゃう。

「ヤチホコの神と呼ばれる俺様は、自分の国にいい妻がいないので、遠い越の国に、賢い女がいると聞き、綺麗な女がいると聞き、プロポーズしに出かけたよ。刀や上着を脱ぐのもそこそこに女の家に行き、女の寝ている家の戸を揺すったり引っぱったりして立っていた。すると青山にツグミが鳴くではないか。野にいるキジも鳴き騒ぎ、鶏も鳴きだした。ちくしょう、朝がきちまった、この鳥どもを打ち殺して鳴きやませてくれ」

と、おしまいのほうはいらだちがつのり、物騒な感じになってます。「いい妻がいない」とは、スセリビメに不満があったのか、よくある男の誘い文句なのか。それに対してヌナカハヒメはこんな歌を返します。

「青山に日が隠れると、真っ暗な夜が顔を出す。そうすればあなたは朝日のような笑顔でやって来て、楮《こうぞ》のように真っ白な腕、あわ雪のように柔らかな若い胸を、そっと撫で、撫で可愛がり、玉のような手と手を絡め、足を伸ばしてお寝《やす》みになれるのに。むやみと焦らないで。ヤチホコの神様」

楮とは和紙の材料で、白さのたとえに使われます。これ、歌の後半をほぼ直訳したんですが、じらしながら誘っている。やっぱりオホナムヂ、モテます。

こうなると黙ってないのが正妻のスセリビメ。彼女の激しい嫉妬にあったオホナムヂは、出雲から逃げるポーズを見せつつも、スセリビメへの未練を歌うと、スセリビメもオホナムヂに歌を捧げます。この歌がまた、白い腕だの、雪のような胸だのといった、ヌナカハヒメの歌とそっくりのエロい表現満載。

これらの歌は演劇用に作られたもので、実際にオホナムヂたちがうたったわけではないらしいものの、当時の貴婦人はこの手のエロいことを言ってもオッケーと考えられていたからこそ、こういう歌ができるのでしょう。オホナムヂにしても、こうした劇の主人公にふさわしい多情な神様で、最終的には六人の妻と結婚しています。彼をまつる出雲大社が縁結びに御利益があるとされるのも納得です。

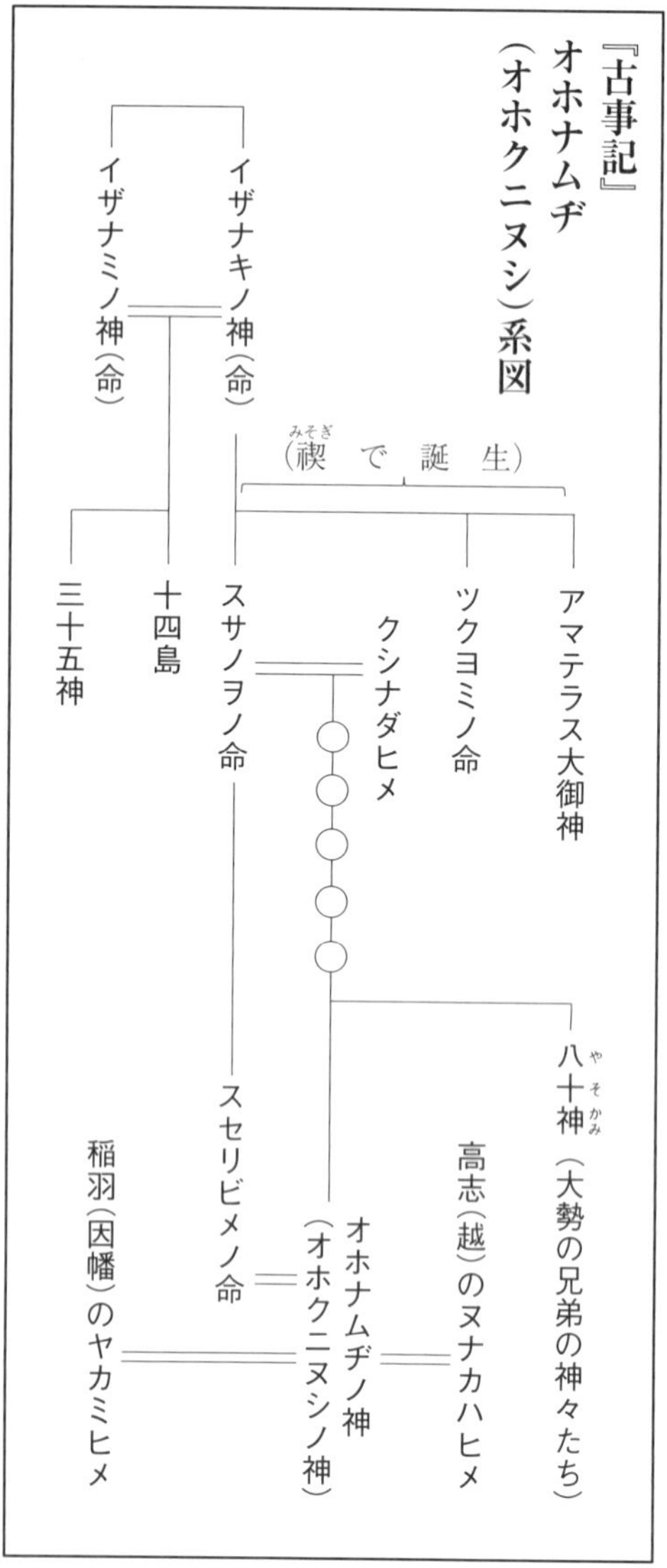

『古事記』オホナムヂ（オホクニヌシ）系図

8 愛と祟りの国譲り 『古事記』『日本書紀』

天を追放される形で地上に降臨したスサノヲ。その子孫のオホクニヌシが国作りを終えたころ、突如、高天原（たかあまのはら。たかまのはら、とも）と呼ばれる天上界にいたアマテラスが、「稲穂の実る豊かな地上の国は、我が御子《みこ》アメノオシホミミの支配する国だ」と言い出します。

が、地上はオホクニヌシとその百八十人もの子供たちの支配下にあって、容易に治められそうにない。そこで「御子を降臨させる前に地上の荒ぶる神を服従させよう」ということになって、神が遣わされるんですが、二人までがオホクニヌシになびいたり、オホクニヌシの娘と結婚したりで、失敗に終わります。

が、アマテラスは諦めず、三人目に遣わされた神が力に物言わせてオホクニヌシの子供たちを服従させ、進退窮《きわ》まったオホクニヌシは、大きな宮殿を作って自分を祭ってもらうことと引き替えに、国譲りを承知します。この宮殿が出雲大社。

出雲大社（や諏訪大社）は負けた神様の魂を鎮めるために作られたものだったんです。だから、祟《たた》る神でもあって、『古事記』には〝出雲大神《いづものおほかみ》〟＝オホクニヌシの〝祟り〟で垂仁《すいにん》天皇の皇子のホムチワケはヒゲが胸先に至る年ごろになってもことばを喋れなかった、とあります。出雲大社の成り立ちにはホラーな歴史があったのです。

さて、そんなふうにオホクニヌシに国譲りをさせたアマテラス側がいよいよ御子のオシホミミを地上に降そうとしたところ、

「私が身支度をしているあいだに子が生まれてしまいました。その子を降すのがよろしいかと」

ということで降臨することになったのが、アマテラスの孫のホノニニギノ命（以下ニニギ）です。

この天孫降臨劇がまた、スペクタクルかつエロい。

まず、ニニギが天降ろうとした〝天《あめ》の八衢《やちまた》〟という、道が多方向に分岐した、いわば天のスクランブル交差点に、上は高天原を照らし、下は地上を照らす光り輝く神が居座って行く手を阻んでいたんですね。

スサノヲはすんなり降臨できたのに、アマテラス側が天降ろうとすると、何かと障害が多いのは、スサノヲ側が開拓者であり、アマテラス側が侵略者である証拠でしょう。

にしても、この光り輝く神の正体が分からない。そこでその正体を暴くべく指名されたのがアメノウズメ（以下ウズメ）。アマテラスが天《あめ》の石屋《いわや》に引きこもった時、ストリップまがいの踊りで八百万の神を笑わせて、アマテラスを石屋から出すことに成功したあの女神です。彼女が選ばれたのはアマテラスによれば、

「向き合う神に〝面勝《おもか》つ神〟だから」

〝面勝つ神〟とは「にらめっこをして絶対に負けない神」（三浦佑之『口語訳古事記』）。

つまり眼飛ばしで必勝する神です。このウズメが、

「なんでアマテラス様の御子孫が天降ろうとする道にいるのか」

と問うたところ、その神は言いました。

「私めは〝国つ神〟（地上国の神）で、名はサルタビコ（サルタヒコ、とも）ノ神。〝天つ神〟（天界の神）の御子が天降ると聞いて、お迎えに参上したのです」

こんなふうに『古事記』ではやけにあっさりしてますが、この場面、『日本書紀』ではかなり違います。まずサルタビコの姿が具体的で、「鼻の長さ七咫《あた》、座高七尺以上、体長七尋《ひろ》」という。鼻も座高も一・五メートル近くて（古代の一尺は十八〜二十三センチ）、体長約十三メートル。そして目は大きな鏡のようで、赤いホオズキみたいに輝いている。

誰もこの神の眼力に勝てなかったので、指名されたウズメは、すぐにその〝胸乳《むなち》〟をあらわにし、ボトムスの紐をヘソの下まで押し垂らし、つまりおっぱい&まんを丸出しにして、大笑いして向き合うんです。すると今まで何も言わなかったサルタビコが初めて口をきき、あとは『古事記』と同じ展開になる。

つまりウズメは、アマテラスを石屋からおびき出した時と同様、あられもない格好をして、サルタビコを懐柔しているのです。

サルタビコ、鼻がでかいところから天狗として描かれることもあり、私なんぞは男根の化け物と思っているのですが、古い太陽神とも言われています（鎌田東二編著『サルタヒコの旅』など）。

ひょっとして、アマテラス以前に地上で勢力を張っていた太陽神だったのかもですが、『古事

記』によればアメノウズメはサルタビコに仕える役割を仰せつかるものの、結局、サルタビコは、伊勢の阿耶訶《あざか》で、貝に手を挟まれ溺れ死んでしまいます。貝に挟まれて死ぬとは何やらエロティックな香りが漂います。要するに、用済みの神は殺されてしまったのでしょう。ここにも、古代の権力闘争の、暗い歴史が垣間見えます。

話を戻すと、太陽って日食したり急に陰ったりするじゃないですか。だから隠れるとかすねるといった神話が多いんですね。

それをおびき出すのはたいてい「まん」(女性器)で、エジプト神話でも、太陽神のラーがふさぎ込んで口をきかなかった時、娘のハトホルが裾をまくってまんをラーの鼻先につきつけたところ、ラーは機嫌を直したといい、ギリシア神話でも、ポセイドンに犯されて身を隠した大地の女神デメテルの前で、バウボという女がまんを露出して見せると、思わず笑った女神は食べ物を口にし、世界に平穏が戻ったといいます(吉田敦彦『世界の始まりの物語』など)。

古代人は洋の東西を問わず、世界を丸く収めるのは「まん」、平和の源は「まん」だとにらんでいたのです。これが本当の円満、否、艶《えん》まんでしょうか(笑)。

9　降臨した天孫は最初にブスを捨て、美人を裏切った　『古事記』

アマテラスの孫のホノニニギノ命は八人の神を従え、三種の神器を携えて、天の交差点にいたサルタビコ（サルタヒコ、とも）を先導役に、いよいよ「天孫降臨」となります。アマテラスの合図と共に、高天原の一角から岩の玉座が切り離され、幾重にもたなびく雲を分け、厳かに道をかき分け押し分け、九州の高千穂のクジフルタケ（所在不明）に天降る。基地から宇宙船が出てくるみたいで、このシーンを読むたび、頭の中で「スター・ウォーズ」のテーマが鳴り響きます。

こつこつ国作りしてきた地上の生え抜きの神々をすっ飛ばし、いきなり天から来て支配者になるという文字通りの「天降り」を果たしたニニギが最初にしたことはお察しの通りセックスです。

出雲に降り立ったスサノヲがクシナダヒメと、根堅州国《ねのかたすくに》に赴いたオホクニヌシがスセリビメと交わったのと同じパターン……と言いたいところですが、彼らと違ってニニギはそうすんなりとセックスできないし、セックスしてもゴタゴタが尽きない。コノハナノサクヤビメという美女に出会ったニニギが、「そなたを妻にしたいがどうだ」と聞いたところ、「私はお答えできません。父のオホヤマツミノ神（山の神）がお答えします」と言われてしまう。

スセリビメなんてオホクニヌシと出会ったその場でセックス、父スサノヲには「凄いイケメンの神が来たの」と事後報告したものです。それがサクヤビメときたら「お父さんに聞いて下さい」ですよ。国譲りを迫られたオホクニヌシは「私はお答えできません。子供に聞いて下さい」と言ったものですが、それと似たようなもので、要するに気が進まなかったのでしょう。このあたり、〝国つ神〟＝在来の権力者と〝天つ神〟＝新しい支配者との「確執」が見え隠れしています。

ところがこの話を聞いた父のオホヤマツミは喜んで、サクヤビメに、その姉のイハナガヒメを添え、たくさんの引き出物（婿取り婚が基本の当時、結納の品は妻側が納めた）と共に差し出します。

するとニニギは、このイハナガヒメを、

〝甚凶醜《いとみにく》きに因《よ》りて〟

つまり、すっごいブスだからと、父のもとに返してしまいます。

怒ったのは父です。

「私が二人を差し上げたのは、姉のイハナガヒメを召し使えば、御子の命は雪が降ろうと風が吹こうと常に岩のように盤石でありますように、サクヤビメを召し使えば、花のような栄華を得られるようにと祈ってのこと。それをサクヤビメだけ選んだので、御子の命は花のように短くあられるでしょう」

と言った。で、「今に至るまで〝天皇命《すめらみこと》〟たちの御命《みいのち》は長くないのだ」と『古事記』は言うのですが……。

これって呪いじゃないですか？　だいたい妹とセットでブスな姉を押しつけられたニニギも迷惑ですよ。

と言いたいところなのですが、ニニギは呪われても仕方ないようなサイテー男であるのも確かで、のちにサクヤビメが来て、

「妊娠しました。〝天つ神〟（天の神）の御子は勝手に生むわけにいきませんから申し上げるのです」

と言うと、

「たった一夜で妊娠したのか。それは私の子じゃないぞ。絶対、〝国つ神〟（地上の神）の子だろう」

と言うのです。

ニニギって男は、イハナガヒメを「ブスだから」と追い返しただけでなく、サクヤビメともたった一度のセックスで別れていたんですね。しかも「一夜で妊娠？　嘘だろ、地元の男の子供だろう」と言い放つんだからサイテーです。

怒ったサクヤビメは、

「私の子がもし〝国つ神〟の子なら、生む時無事で済まない。〝天つ神〟の子なら無事のはず」

と言うやすぐさま戸のない大きな建物を作り、そこへ入ると入口を土で塗り固め、出産時、火を放ちます。

ニニギもサイテーですが、サクヤビメも怖いです。「愛はホラーである」というのが私の考え

ですが（詳細は第五章を）、裏切られ方が手ひどければ手ひどいほど、その後の展開のホラー度も高くなっていく。なにしろ、サクヤビメは、我が子の命を身の潔白の証明に「使っている」。「〝天つ神〟の子を勝手に生むわけにはいかない」などと、しおらしいことを言いながら、その実、子供を私物化しているのです。

もちろんお産は無事終わり、ニニギの子であることが証明されます。

この時生まれた三つ子のうちの二人が「海幸山幸」の話で名高いホデリノ命とホヲリノ命です。

ちなみに神話には、「一夜孕《はら》み」と呼ばれるパターンがあり、『日本書紀』にも雄略《ゆうりゃく》天皇が、一夜のセックスで采女《うねめ》（地方豪族から隷属のしるしに天皇家に献上される娘）が妊娠したため疑って、生まれた娘を養育しなかったという記述があります。が、娘は天皇そっくりの容姿。そこで重臣が、「一夜に何回召されたのですか」と聞くと、「七回召した」と天皇。

「孕みやすい女は男の下褌《したばかま》に触れただけで妊娠すると聞きます。まして一晩中お召しになりながら、みだりにお疑いになるとは」

と重臣が諌《いさ》めたので、天皇は娘を皇女となし、その母を妃にしたといいます。

雄略天皇は後世、天皇家の権勢を大きく広げたと見なされる重要人物。

女を一夜にして妊娠させる「一夜孕み」は英雄の証しであり、それをいったんは疑うというのは説話のパターンでもあったわけです。

10 山幸彦が兄・海幸彦に仕掛けたホラーな呪い 『古事記』『日本書紀』

地上に降臨した〝天つ神〟（天の神）ニニギノ命は、〝国つ神〟（地上の神）の娘のコノハナノサクヤビメをたった一夜のセックスで妊娠させ、三つ子（というのも凄いですよね）が生まれます。そのうちの二人が「海幸山幸」で有名なホデリノ命とホヲリノ命。

兄のホデリは海幸彦として、弟のホヲリは山幸彦として、それぞれ海の獲物、山の獲物を捕って暮らしていました。

そんなある日、ホヲリが兄に、

「お互いの〝さち〟（道具）を交換してみようよ」

と言い出します。ホヲリが三度頼んでも兄は承知せず、しつこくせがんでやっと願いが聞き入れられると、ホヲリは兄の道具を使いますが、一匹も魚が釣れないどころか、道具を海になくしてしまいます。あげく、兄が、

「やっぱり自分の道具が一番。もうそれぞれ道具を返そうよ」

と言うと、

「あんたの釣り針は魚を釣っても一匹も捕れぬまま、とうとう海になくしちまった」

とホヲリ。怒った兄は、ホヲリが自分の剣をつぶして五百の釣り針を作っても千の釣り針を作っても納得しません。当然ですよ。ホヲリが作れるようなものなら、最初から自分で作って使えばいいのです。特別な道具だからこそ兄は貸したがらず、ホヲリも無理にせがんだのではなかったか。それを『古事記』は、さもホヲリが被害者のように描いている。『日本書紀』に至っては、兄弟が二人で相談して道具を交換したことになっていて、ますます兄が悪人に仕立てられているのですが、ここは弟のホヲリが絶対悪いと私は思います。

しかし神話はあくまで弟ホヲリの味方なんですね〜。

釣り針の弁償を兄に拒まれた弟のホヲリは、海辺で泣き沈んだ。と、『古事記』の語り手は言います。被害者扱いマックスです。そこへシホツチノ神という老いた〝国つ神〟が現れ、潜水艦のような小舟を作ってホヲリを乗せ、海の神の宮殿へ行くよう教えてくれます。宮殿の入口近くの井戸のそばの木の上にいれば、海の神の娘が相談に乗ってくれる、と言うのです。

ホヲリが教えられた通りにすると、海の神の娘トヨタマビメに仕える女が水を汲みにやってきます。すると井戸が光っているので女が見上げると、木の上に、

〝麗しき壮夫《をとこ》〟

がいる。

ホヲリはイケメンだったのです。

その姿があまりに美しいので、井戸水に映って光って見えたんですね。で、ホヲリは女に、

「水がほしい」

と頼む。ところがホヲリは女が汲んだ水を飲まず、自分の首飾りの玉を解き、口に含んで器に吐き出します。すると、玉が器にくっついて離れない。ここはホヲリの呪力の表れらしいのですが、古典では、玉はちんまんの象徴と決まってます。この場合、器がまんで、玉がちん。要するにまんを惹きつけて離さぬ魅力を象徴しているんだと私は思います。

というのも、その玉のついた器を受け取ったトヨタマビメ、

「すごいイケメンがいます。うちの王様より立派です」

という女の報告を受けると、外に出るや、

〝乃ち見感《みめ》でて、目合《まぐはひ》〟

となるんですよ。

「見るやすぐさま心惹かれてセックスした」

と。〝目合〟のよみについては諸説ありますが、私は「まぐはひ」説を採ります。

いずれにしてもこれ、兄弟たちに殺されそうになって逃げた先でスセリビメとセックスしたオホナムヂ（オホクニヌシ）のパターンと同じ。

神話ではイケメンは兄弟にいじめられ、女に一目惚れされてセックスし、その後、女に助けられながら国を作っていくというのが「お約束」になっている。

海幸山幸の話でも、ホヲリはトヨタマビメの父の力で兄の釣り針を見つけだし、しかも兄を呪う方法まで教わって、地上に帰ると兄をやっつけ、子孫に至るまで自分の護衛役として仕えさせることになります。

この呪いというのが実にホラーで、

〝この鉤《ち》は、おぼ鉤《ち》、すす鉤《ぢ》、まぢ鉤《ち》、うる鉤《ぢ》〟（読みについては諸説あり）

と言って、後ろ手に釣り針を渡す。

「この釣り針は、不安になる釣り針、イライラする釣り針、貧乏になる釣り針、バカになる釣り針」の意で、兄はその通りになってしまうんです。

兄にしてみたら理不尽な話で、「やっぱ道具貸すんじゃなかった」と泣きたい気分でしょう。

でも神話ってこういうものなのです。

アマテラスとスサノヲのような姉弟が権力闘争を繰り広げ、海幸山幸のような兄弟がいがみ合い、支配者と被支配者に分かれる……。

きょうだい仲良く……なんてことにはならず、男どうしであれば、勝つのは結局イケメン。土地の有力者の女に惚れられて、その助けでのしあがっていく。

古代は女の権力が強かったので、こういうことになるんです。

恐ろしくもエロティックな時代ではありませんか。

11 タブーすれすれのちんまん関係でパワーをたくわえる 『古事記』

山の神の娘コノハナノサクヤビメと結婚することで、栄華を手に入れたニニギ→海の神の娘トヨタマビメと結婚することで、兄を制圧した山幸彦ことホヲリ……といった具合に、地上の権力者（〝国つ神〟）との性的つながりによって、着々と覇権を広げていたアマテラスの子孫（〝天つ神〟）でしたが、いざ女が出産の段になると、何かしらトラブルが持ち上がるのは、やはりアマテラス側が侵略者だったからでしょう。彼らを襲うたびたびのトラブルは、被征服者たちの抵抗の歴史を反映していると思うのです。

山の神の娘コノハナノサクヤビメの時は、「ほんとに俺の子？」と天孫が疑うことで、産屋に火をつけての出産という大事件に発展したものですが、海の神の娘トヨタマビメは出産時、「お願いですから私を見ないで」と言いだします。

見るなと言われると見たくなるのが人の常。

山幸彦が産屋を覗《のぞ》くと、巨大な〝わに〟（古代日本の〝わに〟は今のフカやサメを指すと言います）がのたうっているではありませんか。

トヨタマビメはサメだったんです。

その正体が出産という危機状況で現れてしまった。山幸彦はサメとやっちまったんですから、これが本当のホラーですが、そこには異なる文化を持つ者どうしの交流の難しさが象徴されているのではないか。女がサメだったというより、サメを神と崇《あが》めるような文化を持つ女だったことに驚いたのではないかと私は思うのです。国際結婚の難しさとでも言いますか……。

で、驚いた山幸彦が逃げだすと、トヨタマビメは恥じて本国である海に帰ってしまいます。

こうして生まれた御子は、母トヨタマビメの妹、つまり叔母に育てられ、しかもこの御子がその叔母と結婚して生まれた子こそ初代神武《じんむ》天皇です。母代わりに育ててくれた叔母と結婚して子作りするんですから、母子相姦に近いものがありますが、考えてみりゃ父の山幸彦だって獣姦的なことをしていたわけですからね。しかも、こんなに何でもありに見える古代日本の数少ない性のタブーが親子相姦と、〝馬婚《うまくなぎ》〟〝牛婚〟〝鶏婚〟などの獣姦です（〝婚〟は「くなぎ」のほか、「たはけ」とよむ説もありますが、いずれにしてもセックスの意です）。

天皇家の先祖はタブーすれすれのちんまん関係を経て、常人を超えるパワーをたくわえたんですね～。

やっと神武天皇までできましたよ。

そして、この神武天皇にも、ちんまん的にはどうしても見逃せないエピソードがあるのです。

この話はあちこちで繰り返しているものの、懲りずに書きますと……。

神武天皇が妻子をもったあとも、「さらに皇后となる高貴な女がほしい」と探していた際、「皇后にうってつけの〝神の御子《みこ》〟がいます」というんで候補に挙がった女がいる。

この女が〝神の御子〟である理由というのが凄いんです。絶世の美女が〝大便〟をしようとした時、三輪山の神が、〝丹塗矢《にぬりや》〟（赤く彩色した矢）に化け、その〝ほと〟（まん）をつついたんです。驚いた美女はうろたえて走り回ったあげく、その矢を床のあたりに置いたところ、矢がたちまち〝麗しき壮夫《をとこ》〟となった。それで二人がセックスして生まれたのがホトタタライススキヒメノ命。彼女は、

「〝ほと〟（まん）に矢が立って〝いすすき〟（うろたえた）」

という意味のその名を嫌がり、のちにその名をヒメタタライスケヨリヒメに改めたというんですが……（しかも三浦佑之『口語訳古事記』によれば「ヒメも隠語ではホトの意となる」とあって、あまり意味は変わらないみたいですが）。

「こういういきさつで生まれた方なので〝神の御子〟なんですよ〜」

という召使の報告を受けた神武天皇は「ほほ〜それは尊いことだ」と納得し、そのまんこ姫（ホトタタライススキヒメ）を皇后に迎えるんですよ！

いやもう突っ込み所がありすぎて何からコメントしたらいいのやら。

三輪山の神にしたって、はじめからイケメンとして美女の前に現れればいいのに、わざわざ矢に化けて、しかも大便をしようとする女のまんをつつくとは。

百歩譲って、矢に化けたのは神の威力を示そうとしたにしても、なにも大便中に現れなくても……と思うのですが、古代の厠《かわや》は文字通り、川の上流に作られ、汚物を流したものですから、穢《けが》

れを流すという意味でも聖なる場所だったのかもしれませんね。

それにしても神武天皇がこんないわくつきの女を皇后に迎えたものですから、彼女の生んだ皇子と、天皇が彼女を迎える前に妻に生ませていた子とのあいだに、跡目争いが起きてしまう。

当然ながら、まんこ姫の生んだ皇子のほうが勝って、その血筋は脈々と伝えられていく。結局、ちんまんパワーの強いほうが勝ち残るという話なわけです。

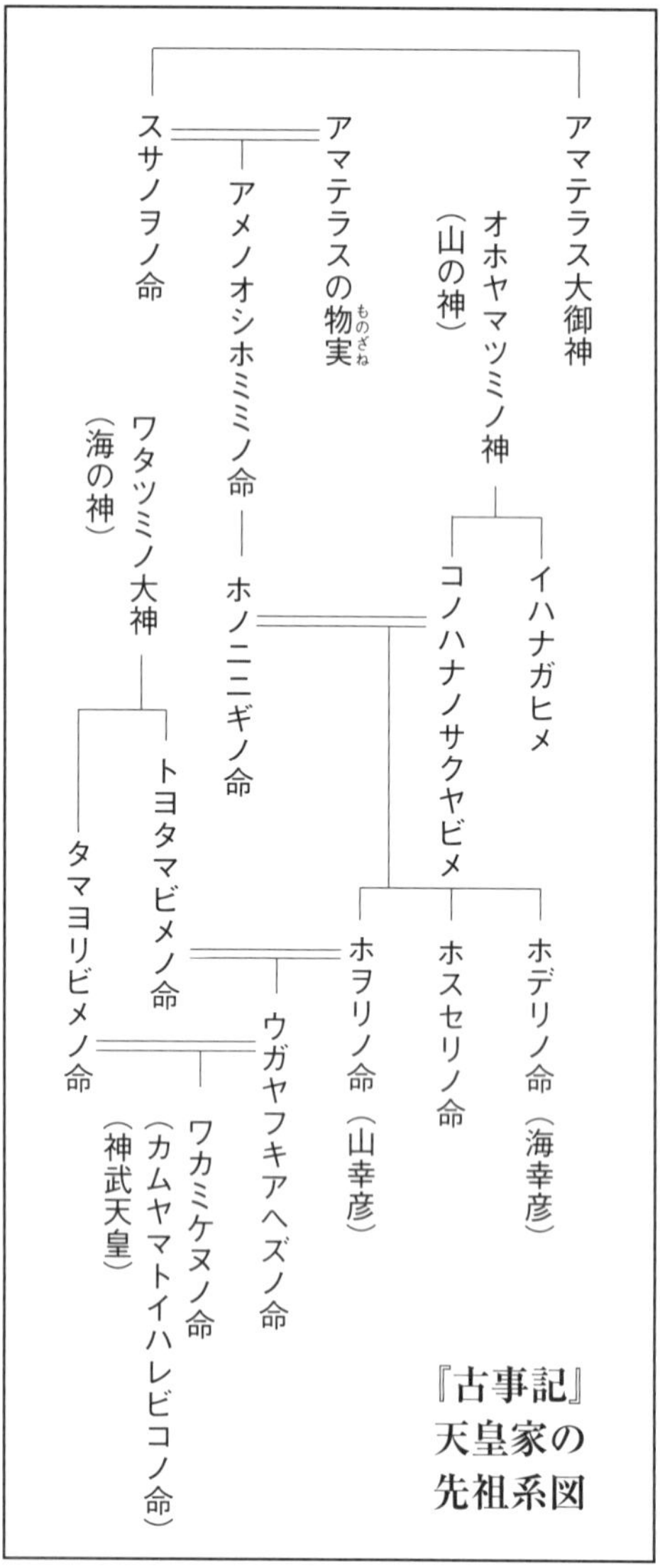

『古事記』天皇家の先祖系図

12 「祟り」という形での「チン」損傷話　『常陸国風土記』

「ミミズにおしっこをかけるとおちんちんが腫《は》れる」と、お年寄りに聞いたことはありませんか？　明治生まれの母方祖母は戦前、ニューヨークで暮らしていたようなハイカラな人でしたが、意外にもそんなことを言っていて、いかにこの手の話が古い日本人の心に刻まれているか痛感したものです。

それもそのはず、おしっこをかけると祟《たた》る神というのは、神話時代からいるのです。『常陸国風土記』には、立速男命《たちはやをのみこと》という神が出てきます。もとは松沢の〝松の樹の八俣《やまた》の上〟（松の木がたくさん分かれた枝の上）に鎮座していた神だったのですが、祟りが激しく、人が神に向かって大小便をすると、災いを示し、病苦を与えた。

そのため近くに住む人は常に苦しんで、惨状を朝廷に訴えた。遣わされた役人が神に祈り、「ここにおいでになると、民が近くに住んでいるので、朝夕穢《けが》らわしゅうございます。ここを避けて、高い山の清らかな場所にお鎮まりください」

と言うと、神は願いを聞き入れ、久慈郡の賀毗礼《かびれ》の峰に昇ったといいます。

その場所で大小便しなければ済む話では？とも思うんですが、再三病気になってまでそこで大小便するということは、もしや古代人は大小便を木に向かってする習慣でもあったのかとさえ思ってしまいます。それとも、風土記編纂《へんさん》当時、すでにそんなにも神の権威が落ちていたのでしょうか。

ちなみに、先ほどのミミズの話ですが、みみずの中には驚かされたりすると液体を飛ばす種類がいて、「ミミズが飛ばした液が目に入って、目がはれたという話」もあり「おしっこをかけられてびっくりしたミミズが液をはき、それがおちんちんについてはれてしまう……なんてことも、やっぱりありそうだ」（中村方子監修・山村紳一郎文『あなたの知らないミミズのはなし』）といいます。

ミミズにおしっこをかけるとおちんちんが腫れるということで思い出すのは、江戸後期の小林一茶の『おらが春』の話で、そこには、セックス中の蛇を殺したために、ちんが落ちた上、死んでしまい、しかもその息子までいざという時、ちんが役立たないという祟《たた》りを受けた話があります（→第五章15話）。

祟りが性器を直撃するというのは、それだけ性器が大事、繁殖が大事だったからでしょう。

日本には、女性器の損傷神話はあっても、エジプト神話やギリシア神話に見られる「チン切り神話」（男性器が切られる神話）がないということは拙著『本当はエロかった昔の日本』にも書きましたが、祟りという形でのチン損傷話はあったわけです。

13 国生みは男女の愛、国作りは男どうしの愛で

『出雲国風土記』『播磨国風土記』

『古事記』によれば、イザナキ・イザナミの夫婦神は〝国を修理《つくろ》ひ固め成〟す神としてセックスを重ね、生まれたのが日本の島々と神々ということになっています。

ところが『古事記』には、さらに〝国を作り堅め〟た神が登場する。それがオホナムヂ（オホナムチ、オホアナムヂ、オホナモチとも。のちのオホクニヌシ）とスクナビコナ（スクナヒコ、スクナヒコネとも）という男どうしのコンビです。

彼ら男二人が苦労して日本を〝作り堅め〟たところに、アマテラスの孫が天から降臨し、「その国は私のだから、どけ」と要求。スクナビコナはそれ以前に海の彼方の〝常世の国に度《わた》り〟いなくなっていて（つまり死んだのだという説もあります）、ひとり残ったオホナムヂ＝オホクニヌシ（大国主神）が「国譲り」して、出雲大社に鎮座するわけですが。

それにしてもなんで、国を作り固（堅）める神が二度出てくるのか。

と考えた時、一度目は男女で、二度目は男どうしというところに、目を引かれます。

男どうしでも国を「作る」ことはできるけれど、「生む」のはどうしたって男と女じゃなきゃできない。それで「日本国土を作ったのは男どうしだが、生んだのは夫婦神」という理屈が働い

たんじゃないか。逆に言うと、男女の国生みはいかにも説明的というか、取ってつけたっぽいのです。

そう思って『古事記』『日本書紀』を読み返すと、最初に国をセックスで生んだイザナキとイザナミはどうも実在感が薄い。

一方、国作りコンビの、とくにオホナムヂのほうはどっしりとした存在感があるんですよ。「神」と名はついてはいるけれど、こっちは絶対ヒトとして国に君臨していた時期があったに違いないという「足跡《そくせき》」がある。

その「足跡」がうかがえるのが『風土記』なんです。

『古事記』成立の翌七一三年、朝廷の命令によって諸国が編纂《へんさん》した土地の報告書である『風土記』には、イザナキ・イザナミ夫婦の「国生み神話」は無く、オホナムヂとスクナビコナの「国作り」に関する記事ばかりが描かれています。

そのうちとくにオホナムヂの本拠地『出雲国風土記』では、オホナムヂは、〝天《あめ》の下造らしし大神《おほかみ》の命《みこと》〟として頻繁に登場。その子供は〝御子《みこ》〟、居場所の出雲大社は〝宮〟と呼ばれ、ほとんど天皇に近い超VIP扱いです。

『播磨国風土記』になるとスクナビコナ（『播磨国風土記』ではスクナヒコネ）とセットで出てくることが多く、カリスマ性もやわらぐのですが、それだけに妙な存在感がある。

たとえば昔、〃堲岡《はにをか》〃という場所でオホナムヂとスクナビコナが言い争いをした。〃堲《はに》の荷を担《にな》ひて遠く行《ゆ》くと、屎下《くそま》らずして遠く行くと、此の二つの事、何《いづ》れか能《よ》く為《せ》む〃、と。

二人は土壌調査でもしていたんでしょう。

〃堲〃は粘土質の赤土のことで、耕作には適さないけれど、焼き物などに使い、「ハニワ」の「ハニ」もこれ。このハニを担いで遠くに行くのとうんこをしないで遠くに行くのとどっちが我慢できる?というわけで、ここからしてすでに馬鹿馬鹿しいんですが、オホナムヂは、

「俺はクソをしないで行こうと思う」

と言い、スクナビコナは、

「俺はハニを担いで行こうと思う」

と言った。

スクナビコナは神の手から漏れ落ちた小さな神。オホナムヂは大男。のっぽとちびのでこぼこコンビの、小さいほうが重い土を担ぎ、大きいほうがうんこを我慢するという、絵柄的にも滑稽な図なんですが、数日後、オホナムヂのほうが、

「俺はもう我慢できん」と言うが早いか、しゃがんでクソをした。

大男の負けです。

スクナビコナも笑って、ハニを岡に放り投げた。そのためそこは〃堲岡《はにをか》〃と名づけられたという落ちです。さらに、オホナムヂがクソをした時、小笹がそのクソを弾《はじ》き上げ、着物についた。それでそこは〃波自賀《はじか》の村〃と名づけられた。

ずいぶんふざけた話ですが、「ハニを投げ出したから〝埿岡〟」的な駄洒落《だじゃれ》ネーミングは日本古典の随所に見えるもので、〝葵《あふひ》〟と〝逢ふ日〟、〝松〟と〝待つ〟を掛けたりする歌の技巧にもつながる日本の伝統文化として、脈々と息づいていきます。

〝屎《くそ》〟にしても、現代人とはかなり違ったイメージがあったようで、平安遷都を果たした桓武《かんむ》天皇には「藤原小屎《ふじわらのをぐそ》」という名の妻もいる（『本朝皇胤紹運録』）。

単なる排泄物と見なしていたら名前になど付けないわけで、古代人は、汚いもの・醜いものをないがしろにすると、しっぺ返しを食らうと考え、それらのパワーを取り込み、あやかろうとさえしていたんですね。

と、こんなふうに茶化されたり崇《あが》められたりのオホナムヂとスクナビコナの二人がおそらく最初に日本を統一。イザナキ・イザナミの国生みは、あとから国を乗っ取った侵略者たちが、

「最初に奴らの話を持ってくるんじゃ、我々が国を奪ったことが露骨に後世に伝えられてしまう」

と恐れて、自分たち政権の正統性を誇示するために作った、つじつま合わせの絵空事でしょう。

「俺らは国を奪ったんじゃない。国はイザナキ夫婦が生んだもので、俺らはその直系の子孫だから、ただ返してもらっただけさ」というわけです。

各地の伝承を集めた『風土記』にイザナキ夫婦の国生み神話が出てこないのは、こんなわけがあるからだと思うのです。

ついでに言うと、男どうしで力を合わせて国作りしたオホナムヂとスクナビコナの話にはなにやら同性愛の香りが漂う気もして、夫婦神の国生みを主張した侵略者側には「同性愛より異性愛が正統。男どうしの愛で作られた国よりも、男女の愛で生まれた国のほうが正しい」という意識があったんじゃないか。

『古事記』より外来思想の色濃い『日本書紀』には〝あづなひの罪〟ということばもあって、これは「男色の罪」の意と言われています。

夫婦・男どうしどちらにせよ、二人の神が協力して事に当たるという設定自体、「協調性」を重んじる日本人の国民性がすでに表れてもいて、神がひとりで世界を作り、聖母マリアが救い主を処女懐胎したとか、何でもひとりでやってのけようとするユダヤ・キリスト教とは大違いです。片や国作りにまでセックスを持ち込み、片や子作りまでひとりでしたと主張するのですから。

歌コラム　その1

歌に見る、昔の人がエロにかける情熱

昔の人が性愛にかける情熱を表す顕著なものとして「歌」があります。歌はもともとは神を呼び出し、称えるものだったのでしょうが、『万葉集』『古今和歌集』はもちろん、平安文学でも歌は恋のツールとして必要不可欠のものでした。昔の人は、今のメールのように、歌の短いことばに熱い思いを込めたのです。その例は本書でも『古事記』のオオナムヂ（オホクニヌシ）と妻たちの歌（↓第一章7話）、『伊勢物語』の業平《なりひら》と斎宮《いつきのみや》の密通の歌（↓第二章3話）等、紹介しています。

このコラムでは三回に分け、昔の人がいかに恋人の訪れを心待ちにしていたか、また、その兆候をとらえようと、一種のジンクスまで作っていたことを、歌でご紹介します。

蜘蛛が巣を作る　恋しい人が現れる前兆

『日本書紀』允恭《いんぎょう》天皇　八年の春二月

〝我が背子《せこ》が　来《く》べき夕《よひ》なり　ささがねの　蜘蛛《くも》の行《おこな》ひ　今夕《こよひ》著《しる》しも〟

（今宵は我が夫がきっとおいでになるに違いない。蜘蛛の振る舞いが今夜はとりわけ目立っているもの）

允恭天皇の皇后の妹は、その色艶が着ている衣を通して光り輝くため、〝衣通郎姫《そとほしのいらつめ》〟と呼ばれる美女でした。噂を聞いた天皇は、皇后に無理やり頼んで彼女を召し出します。

妹は姉の気持ちを思い、七度召されても拒んでいたものの、使いの者が、

「あなた様を連れて来なければ私は極刑に処せられます」

と、七日間、姫の家の庭でねばったため、姫は天皇のもとに行きます。が、皇后の機嫌が悪いので、天皇はその気持ちをおもんぱかり、宮中とは別の場所に御殿を作ってそこに姫を住まわせました。そして、皇后のお産の当夜、姫のもとに行ったため、皇后は怒って産屋を焼いて死のうとした。それを聞いた天皇は「私が間違っていた」と反省し、皇后をなだめたのでした。

さて、そんなふうに連れて来られた衣通郎姫が詠んだ歌が〝我が背子が〟です。古代中国には、蜘蛛が人の衣につくと親客が来るという俗信があって（新編日本古典文学全集『日本書紀』校注）、この歌もそうした類だといいます。

姫は天皇のおいでを心待ちにしていたのです。

そんな姫の様子を、偶然、行幸した天皇が聞いていた。そして心打たれ、詠んだ歌が、

〝ささがた　錦《にしき》の紐《ひも》を　解き放《さ》けて　数多《あまた》は寝ずに　唯一夜《ただひとよ》のみ〟

（繊細な模様の錦の紐を解き放ち、幾晩でも寝たいが、そうもできないのでただ一夜だけ）

皇后の気持ちに配慮しながらも、姫を恋する天皇の切ない気持ちが表れています。

第二章　「まん葉」時代のエロスは底抜け

1 モンローウォークの豊満美女　『万葉集』

『万葉集』は今から千二百年以上前に作られた日本最古の歌集です。有名なのが山上憶良《やまのうえのおくら》の「貧窮問答歌《ひんきゅうもんどうか》」（びんぐうもんどうか、とも）。

「雪の降る夜は塩をなめなめ薄い酒をすすって鼻は〝びしびし〟だ。ろくに生えてもいないヒゲを撫でては俺ほど偉い男はいまいと威張ってみるが、ありったけの服を重ねて麻の夜具をかぶって凍えている有様さ。こんな夜、俺より貧しい人はどう過ごしている？」

と〝貧〟が聞けば、

「海藻みたいに裂けたボロをまとって、家族で身を寄せ合い、うめいてるよ。かまどには煙も立たず、飯を炊くことも忘れた。鞭を打つ里長《さとおさ》の声が寝床まで聞こえてくる。こんなにもつらいものかね世の中は」

と〝窮〟が答える。

貧乏人と極貧人のビンボー比べという、後世の和歌の雅《みやび》なイメージとはまるで違った、自由でポップな発想がこの最古の歌集にはあるんです（山口博『万葉集の誕生と大陸文化』によれば、中国にこれとよく似た『貧窮田舎漢』なる歌があり、その発想とは古代中国の発想かもしれないのですが)。

エロ方面でも同様で、上総《かずさ》の末《すゑ》(今の千葉県の富津町・君津市あたり)にいた〃珠名娘子《たまなをとめ》〃という女を詠んだ歌はこんな感じ。

「安房(千葉県南部)の近くの末の珠名はおっぱいのたわわな女。腰はジガバチみたいにきゅっと締まったいい女。〃きらきら〃と輝く姿で、〃花〃のようにほほ笑んで立てば、道行く男は自分の行くべき道を行かず、呼んでもないのに門にまでやって来る。隣のダンナはあらかじめ妻と別れて、くれとも言わないのに鍵まで捧げる。人が皆こうも惑うので、体をくねらせ寄りかかり、彼女はみだらにしていたのだった」(〃しなが鳥 安房に継ぎたる 梓弓《あづさゆみ》 末の珠名は 胸別《むなわけ》の 広き我妹《わぎも》 腰細《こしぼそ》の すがる娘子の その姿《かほ》の きらきらしきに 花の如《ごと》 笑みて立てれば 玉桙《たまほこ》の 道行き人《びと》は 己《おの》が行く 道は行かずて 呼ばなくに 門《かど》に至りぬ さし並ぶ 隣の君は あらかじめ 己妻《おのづま》離《か》れて 乞はなくに 鍵さへ奉《まつ》る 人皆の かく迷《まと》へれば うちしなひ 寄りてそ妹は たはれてありける〃)

( )内の原文を見ていただければ分かるように、これ、ほぼ直訳です。珠名の体を描いた原文は〃胸別《むなわけ》の 広き我妹《わぎも》 腰細《こしぼそ》の すがる娘子〃。〃すがる〃はジガバチのことで、「おっぱいがボンとでかくて、ウエストなんか蜂女だぜ」というわけです。昔の女は体の線のはっきりしない着物に身を包んで、おとなしくしていたと思ってたら大間違い。「ボンキュボン」なメリハリバディ女が、ちょいと歩くと、男がフラフラ付いて来るってんですから、モンローウォークって千二百年前からあったんですね。

彼女、続く「反歌」（長歌のあとに詠み添えた短歌）では、

「門口に人が来て立つと、夜中でも我が身をかえりみず、出て逢った（セックスした）」（〝金門《かなと》にし　人の来立《きた》てば　夜中《よなか》にも　身はたな知らず　出《い》でてそあひける〟）

と歌われる。

美人でスタイル抜群でいながら「みだら」って、「男の夢」みたいな女じゃありませんか。

男の夢といえば、『万葉集』にはこんな歌もあります。

「あなたが〝玉〟（宝石）ならいいのにな。手に巻いて見ながら行くのに。置いて行くのは残念だ」（〝我が背子《せこ》は　玉にもがもな　手に巻きて　見つつ行かむを　置きて行かば惜《を》し〟）

なんだ普通の恋の歌じゃん、と、思ったあなたは甘い。これ、男から男に送った歌なんです。『万葉集』の編纂《へんさん》者と言われる大伴家持《おおとものやかもち》が地方勤務を終え、帰京する際、秦《はた》っていう現地の部下に送った歌なんですね。

面白いのは、同じころ、家持は池主って部下にも似たような歌を詠んでいること。

「池主くんが玉ならいいのにな。ほととぎすの声に混ぜて緒に通し、手に巻いて行こう」（〝我が背子は　玉にもがもな　ほととぎす　声にあへ貫き　手に巻きて行《ゆ》かむ〟）

なんか、複数の女に同じプレゼントするモテ男って感じですが、相手が男ってところがミソ。家持はたくさんの女と恋歌の贈答もしており、男相手の恋歌は社交上の戯れというのが定説ですが、男も女もイケる口だったのかもしれません。

とくに池主くんとはそんな気がする。というのも、池主くんへの歌のほうがたくさんあるし、〝はしきよし　我が背の君〟（愛しい私の池主くん）などとある上、池主くんの返歌も情熱的なんです。その一首を直訳すると、

「私の恋しい家持様が〝なでしこ〟の花だったらなぁ。毎朝見るのに」（〝うら恋《ごひ》し　我が背の君は　なでしこが　花にもがもな　朝な朝な見む〟）

なんとも乙女チックというか、BL《ボーイズラブ》な雰囲気ではありませんか。

ちなみに『万葉集』の時代はシルクロードを通じてたくさんの人や物が入ってきたことでも有名で、奈良の大仏像の完成を記念して行われた法要の開眼師はインドのバラモン僧がつとめてます（新日本古典文学大系補注『続日本紀』三）。

「貧窮問答歌」もそうですが、『万葉集』の斬新な発想には、当時の国際的な情勢が影響しているのかもしれません。

2 竹取翁はスケベな養父？ 『竹取物語』『捜神記』

日本人なら誰でも知ってるかぐや姫。竹から生まれた絶世の美女が、竹取の翁《おきな》（爺さん）と嫗《おうな》（婆さん）夫婦に富をもたらし、男たちの求婚を拒んで、〝天《あま》の羽衣《はごろも》〟を着て月へ帰っていく。

『竹取物語』のこの話が、私、昔から凄く気になって……。

何が気になるって竹取の翁です。

光る竹から姫を見つけて、嫗と大事に育てたまではいいんですが、姫に求婚者が集まると、嫌がる姫に、やたらとしつこく結婚を勧めるんですよ。

「この世の人は、男は女と一つになり、女は男と一つになる」（〝この世の人は、男は女にあふことをす。女は男にあふことをす〟）

普通、こういうセリフ、女親か乳母が言うものです。しかも「なんでそんなことをするの？」という姫の質問には、

「あなたは竹から生まれた変化《へんげ》の人とはいえ、〝女の身〟（女の体）を持っていらっしゃるじゃないか」

と答える。

思春期の娘に、男親が言うセリフにしては生々しくはないでしょうか……。

姫が五人の求婚者に無理難題を出し、そのうちの一人が姫の指示通りの品（あとで偽物と分かる）を持ってきた時なんか、翁は日暮れ前から寝室の準備をしだすし、ミカドが姫を所望した時も、

「あの子がぼんやりしております時にでも突然おいでになれば、きっとお逢いになれますよ」

と言ったり。それって油断している所を突然襲えってことですよね……。

子供心に「あやしい」と感じていました。

そしてその勘は当たっていました。

調べると、『竹取物語』の源流には羽衣伝説、いわゆる天人女房の話があるんです。八、九人の天女が天降って水浴びをしているあいだに、男が一人の天女の羽衣を隠し、飛べなくなった天女を捕まえ妻にする。要するに服を隠され、裸で震える天女を犯したわけです。天女は子まで生まされるものの、ある日、羽衣を見つけ、天に帰っていく。

この話が『竹取物語』のルーツと言われている。ならば、翁のエロさや嫗の存在感の薄さも納得です。姫と一番結婚したがっていたのは翁だったわけですから。

ちなみに私は『竹取物語』のルーツは『捜神記《そうじんき》』という中国の古典じゃないかと思ってます。というのも平安時代、すでに日本に伝わっていた『捜神記』には、かぐや姫が難題に出した「燃えない布」や天人女房の話があるほか、竹の中にいる鬼のような顔をした大男が家に福をもたらしていたという話があるんですよ。大金持ちの家の竹の中から、ある日、鬼のような顔をした大

男が出てきて、「私はこの家に長年いたが、去ることになった」と言っていなくなった。そのあとこの家は一年のうちに貧乏になったというんです（巻十七）。家に福をもたらしていたことといい、ある日去ってしまうことといい、かぐや姫に通じるものがあります。竹の中にいたのが怖い顔の大男というのも、三寸ばかりの小さな可愛いかぐや姫の対極にあって、『竹取物語』の作者はこの話をもとに、あえて正反対の設定にしたんじゃないかというのが私の考えです。

この『捜神記』（巻十四）にはこんな羽衣の話もあります。

任谷《にんこく》（じんこく、とも）という男が畑仕事をしていると、突如、羽衣を着た男が現れ、任谷を犯して去っていった。任谷は男なのに妊娠し、臨月になると、羽衣の男が再び現れ、任谷の腹を裂いて蛇の子を取り出して立ち去った。その後、任谷は宦官になり、宮殿で自らこの一件を語った、というんです。

羽衣の人が男で、しかも犯された男が妊娠するって何重にも凄い話ですよね。

任谷は有名人だったようで、中国の歴史書『晋書《しんじょ》』によれば、妙な魔術を使う「妖《あや》しく嘘《うそ》つきで奇怪な人間」だったといいます。ってことは羽衣の男の話もたぶん嘘なんでしょうが、こんな嘘を思いつく任谷ってただ者じゃありません。

『捜神記』によると、この任谷が仕えた東晋の元帝の時代には、まんがヘソのすぐ下についているる女や、まんが首にある女が出現した、と。しかも彼女たちは〝淫を好む〟、セックス好きだったといいます。で、

「人が子を生み、陰部が首にあれば、天下はおおいに乱れる。腹にあれば、天下に大事が起こる。

背なかにあれば、国にあと継ぎが無くなる」（竹田晃訳『捜神記』巻七）
というコメントが続く。
一個人のまんの位置が国家の大事に影響するというんですから、まんを過大評価するのもいい加減にしろという感じ。そもそもそういう女とセックスしたから、そういう女の存在が分かったわけで、淫乱なのはどっちだと言いたい。
『竹取物語』の作者は、こういうエログロ話満載の『捜神記』を愛読していたんじゃないか。竹取の翁には、そのエロさの片鱗《へんりん》がちょこっと残っていると私は感じます（『竹取物語』と『捜神記』については拙著『ひかりナビで読む竹取物語』を）。

3 近ごろの若者はエロさが足りんと嘆く老人 『伊勢物語』

若者が草食化、場合によっては絶食化していると言われる昨今ですが、平安中期にも似たようなことが起きていたようで、『紫式部日記』(一〇一〇以後)には、

「若い人ですら重々しく見せようと真面目に振る舞うご時世に、(上臈中臈の女房が)見苦しく戯れるのもみっともない」

とあるし、『伊勢物語』(十世紀初頭)にも、

「〝昔人《むかしびと》〟はこんな激しい恋をしたのだった」(一段)

「〝むかしの若人《わかうど》〟はこんなに一途な恋をしたのだった。〝今のおきな〟はこんな恋ができるものか」(四十段)

などとある。〝今のおきな〟の意味については「今の年取った自分」「今の年寄りじみた若者」など諸説あるものの、要するに『伊勢物語』の作者は、

「昔の若者は情熱的な恋をしたものだ」

と訴えているのです。

どんなふうに情熱的だったのか。

『伊勢物語』第一段では、主人公＝〝男〟＝在原業平《ありわらのなりひら》が鷹狩りに出かけた先で、いい女を垣間見た。一目惚れした業平は、着ていた服の裾をその場で切って、それに歌を書き、女に贈ったというんです。

貴婦人は親兄弟や夫以外に顔を見せない平安時代、ラッキーにも女を覗《のぞ》き見できた。しかもその女が〝いとなまめいたる女〟（実にみずみずしい女）だった。古語の「なまめく」は文字通りなまっぽいというか、若い女のみずみずしい美しさを言います。一気に恋に落ちた男は、着ていた狩衣《かりぎぬ》を惜しげもなく切って歌を書いた。

歌を贈ることは恋の第一歩。この機会を逃してはならぬという男の情熱が伝わってきます。ほかにも〝百年《ももとせ》に一年《ひととせ》たらぬつくも髪〟（六十三段）というほど高齢のお婆さんでも、「自分を求めている」と知ると、行ってセックスしてあげたり、『伊勢物語』に描かれる業平はとにかく性愛の神様のような人。人妻、老女、都の女に田舎の女……あらゆる女と体を重ねた彼ですが、なかでも究極の恋は〝斎宮《いつきのみや》〟との逢瀬《おうせ》です。

斎宮とは伊勢大神宮に仕える巫女《みこ》で、未婚の内親王や女王が選ばれる。つまりは「メチャクチャ高貴な処女」です。この斎宮のもとに〝男〟＝業平が勅使として下ったところ、斎宮の母は業平の親族だったため、母は娘に「いつもの勅使の方よりは丁寧におもてなしなさい」と言った。そこで斎宮が心を込めてもてなしたものですから、自然と二人の心に情愛が生まれ、早くも二日目の夜には、「逢いたい」という男の要求に応じ、斎宮自ら男の寝所を訪れます。

こういう場合、男が女のもとを訪れるのが普通なのですが、神に仕える皇女のもとに、男が来ては目立つため、女は人が寝静まるのを待って、動いたのです。

処女って、こういう大胆さ、ありますよね。

〝子《ね》一つ〟（午後十一時〜十一時半ころ）に来た彼女は〝丑《うし》三《み》つ〟（午前二時〜二時半ころ）、つまり三時間ほどそこにいて、帰って行きました。

まだ何ごとも語らわぬうちに……。

男はとても悲しくなって寝つけなくなり、翌朝、後朝《きぬぎぬ》の文を出したくても、人目があるのでひたすら待っていたところ、女のほうから、手紙がきたものの、ことばはなく、ただ一首、

〝君や来《こ》しわれやゆきけむおもほえず夢かうつつか寝てかさめてか〟

と、あった。

「あなたが来たのか私が行ったのか分からない。夢だったのか現実の出来事だったのか、寝ていたのか目を醒ましていたのかすら……」

「来た」とか「行った」とかは当然セクシャルな意味も掛けてあるのでしょう。これぞ恋！と叫びたくなるような切ない歌に、男は〝いといたう泣きて〟返歌します。

〝かきくらす心の闇にまどひにき夢うつつとは今宵《こよひ》さだめよ〟

「悲しみで真っ暗になった闇に惑う気持ちだった。夢か現実かは、今宵、お確かめください」

女の歌が恋への戸惑いを見せているのに対し、男の歌は恋に溺れる思いの深さをうたいながらも、「今宵確かめてください」「今夜また逢いましょう」と、女の迷いを吹っ切る力に満ちている。

超カッコ良くないですか？

『伊勢物語』というタイトルのもとになったと言われるこの六十九段の話には、突然堕ちる恋のスピード感と、それにはまろうとする女のためらい、そうした純な女だからこそ掻きたてられる男の征服欲、恋を燃え上がらせるには男の強い意志が不可欠という、恋の法則が詰まってます。同時に、男は「手に入れにくい女」が好きというありきたりの事実を、極端な形で物語っている。

雅な仮面の下で、ぐいぐいとくる肉食の匂いにむせ返りそうです。

が、こういう時、すんなりいかないのが物語の常。

なんとその夜は、伊勢国の国守が、勅使（業平）の来訪を知ってやって来て、酒宴となってしまった上、業平は夜明けに尾張国に出立せねばならなかったため、二人は逢わずじまいとなってしまうのです。

その後、業平がこの皇女のもとを訪れたかどうかは物語には描かれませんが、彼女は文徳《もんとく》天皇の皇女で惟喬《これたか》親王の妹といい、恬子《やすこ》内親王のことと分かります。

『古事談』巻第二の二六によれば、この時、恬子内親王と業平のあいだにできた子が高階師尚《たかしなのもろひさ》で、事の露顕を恐れ、高階茂範《しげのり》の子にさせた、といいます。

『尊卑分脈』でも師尚は高階茂範の子となっていますが、注に「実は在原業平の子である。斎宮恬子内親王と密通して出生。これによって、この氏族の子孫は伊勢神宮に参宮しない」とある。

この師尚の孫が高二位成忠で、その娘は藤原道隆の妻として定子中宮を生みます。つまり師尚が業平と斎宮の子であるという説が事実なら、業平は、清少納言の仕えた女主人＝定子中宮のご先祖様というわけです。

ちなみに業平と斎宮の恋は、平安時代には事実と認識されていたようで、一条天皇の御代に皇太子を決める際、定子所生の第一皇子か、彰子所生の第二皇子かで揉めた時（普通は第一皇子なのですが、定子やその父道隆も死に、彰子の父道長が権勢を握る世になっていたため揉めたので

『伊勢物語』『古事談』『尊卑分脈』などによる在原業平と斎宮の末裔系図

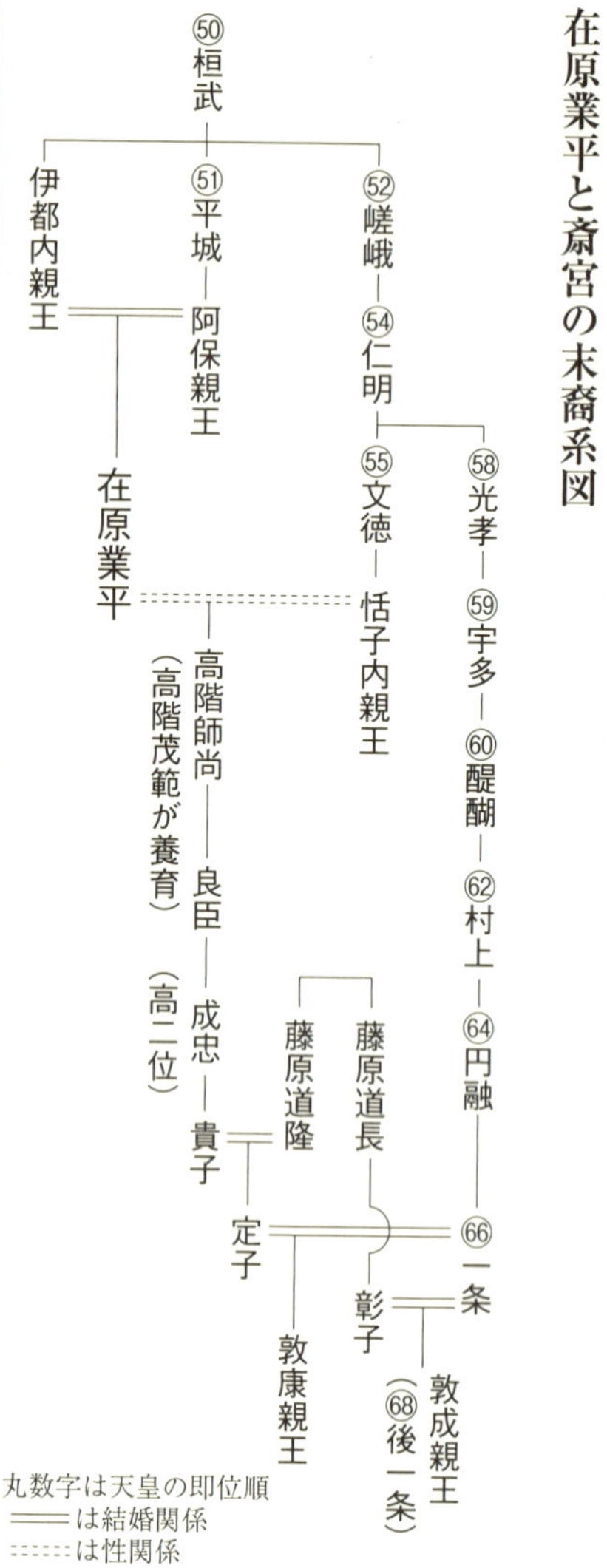

す）、藤原行成が、

「亡き定子皇后の〝外戚〟（母方）の高階氏の先祖は斎宮の末裔だから、伊勢大神宮と折り合いが悪い。皇子のために恐れることがないわけではない。よく伊勢大神宮に祈って謝るべきです」

と進言しています（『権記』寛弘八年五月二十七日）。

道長の世である上、伊勢大神宮を裏切る先祖を持っている第一皇子は、東宮になるのは不利だというのです。

平安貴族は基本的に性にゆるいのですが、天皇家は伊勢大神宮に仕えるという前提がある。それで斎宮の不倫が、母方の後ろ盾のない皇子を退ける「言い訳」に使われてしまったんですね。

4　戦に付きもののレイプからも目をそらさない　『将門記』

平安時代というと戦争のない平和な時代と思われがちですが、末期には源平の乱に都も巻き込まれているし、中期の朱雀《すざく》帝の御代には、東国の平将門《たいらのまさかど》が〝新皇《しんくわう》〟と称して独立国を作るという大事もありました。

乱の渦中の九四〇年正月は、この〝東国兵乱〟により宮中での〝宴会〟に〝無音楽〟（『日本紀略』天慶三年正月一日）つまり音楽の遊びがなかったというのですから、都の貴族がいかにこの乱を重く受けとめていたかが分かります。

結局、将門はいとこの平貞盛に討伐されます。

その一部始終を描いた戦記物語が『将門記《しょうもんき》』。

ここには、結果的には逆賊となりながらも、勇敢で実直、正義感にあふれる将門という後世に伝わるキャラが描かれるほか、戦争の悲惨さも浮き彫りになっています。

その代表が「強姦」です。

将門側が、敵側の貞盛と源扶《みなもとのたすく》の妻を捕らえた。それを聞いた〝新皇〟こと将門は、彼女たちを辱めないよう〝勅命〟を下したものの、時すでに遅し、それ以前に妻たちは兵卒どもによって〝悉《ことごと》く虜領《りよりやう》せられたり〟、残らずレイプされていました。

中でも貞盛の〝妾《め》〟（妻）は〝剝《は》ぎ取られて形を露《あらは》にし〟という惨状。服を剝がれて丸裸にされていたのです。そしてあふれる〝涙〟は顔の白粉を洗い流し、胸に湧き上がる怒りの炎で心が焦げつく苦しさ……と、筆者は犯された貞盛の妻の気持ちに添って物語を綴ります。彼女は相当の美女だったのでしょう。武将たちは〝新皇〟に進言します。

「あの貞盛の妻は容姿に気品があります。過失を犯したのは妻ではありませぬ。どうか〝恩詔《おんせう》〟（情け深い天皇のおことば）をかけ、国元に返してやりましょう」

〝新皇〟ももとより同じ気持ちだったのでしょう。丸裸の彼女に一揃いの衣服を下賜し、また、彼女の〝本心〟を〝試み〟るために、即座にこんな〝勅歌〟を詠みました。

〝よそにても風の便りに吾《われ》ぞ問ふ枝離れたる花の宿りを〟

歌意に関しては諸説ありますが、〝花〟は貞盛と彼女を同時に意味し、「あなたの夫貞盛の行方を探しています」と問いかけつつ、「無惨に散ったあなたの身を案じています」という思いやりをも含んでいる。

この歌に貞盛の妻はこう返歌します。

〝よそにても花の匂ひの散り来れば我が身わびしとおもほえぬかな〟

〝花の匂ひ〟は「夫貞盛の消息」と「将門の恩情」を意味している。

「離れていても夫の消息は伝わってくるし、あなたの恩情もございますので、我が身をつらいとは思いません」

というわけです。

戦記物の中でここだけ雅《みやび》な世界が展開している。

一九七六年の大河ドラマ『風と雲と虹と』は将門役に加藤剛、貞盛役に山口崇を配した傑作でしたが、ここで主人公の将門と貞盛との双方に愛される貴子という姫君役を吉永小百合が演じていました。そして戦乱で将門方に捕らえられ、下っぱ兵に集団レイプされた上、死んでしまうという悲惨な最期を遂げていた。これ、おそらく、『将門記』のこのレイプの記述に着想を得たんでしょうね。

『播磨国風土記』にも、神功皇后《じんぐう》の従者が、稲を搗《つ》く女を犯して、女の〝ほと〟(まん)が裂けたのでそこは〝陰絶田《ほとたちた》〟という地名になったという神話がありました(→第一章6話)。

神功皇后が朝鮮出兵から帰還する際、萩原の里に滞在した時の出来事で、戦争や兵士にはレイプが付きものということが分かります。そして、そんな悲惨な事実から目をそらさず、描いた古典文学はやはり凄いと思うのです。

5 マイナス要素も「あるもの」として認める凄さ 『うつほ物語』『本朝文粋』

日本で一番上品な一家といったら、現代人の心には菊の御紋章のファミリーが思い浮かぶでしょう。

が、平安時代の菊ファミリーのイメージは今とはまったく違います。

『源氏物語』より数十年前に書かれた『うつほ物語』で、美人のお妃が東宮の子を生んだ際、東宮の母后が「あやかりなさい」と、お産の魔除けに美人妃が使った米を他の東宮妃たち（当時は一夫多妻）に配った時のこと。最年長の東宮妃は怒って、〝局《つぼね》の毀《こぼ》れぬばかり〟（部屋が壊れんばかり）の大声で言い放つんです。

「誰がそんな食べ残しがほしいもんか。そこら中の男の胤《たね》を集めた子を生んで、それを東宮の御子だと言えば本気にして崇《あが》めてらっしゃる」（「あて宮」巻）

と。これを聞いた東宮の母后は、「可哀想な人ね」と言うのですが。

この母后にしてからが輪を掛けてえぐいことを言っている。息子である東宮が天皇になって、次期東宮を決めようという段になって、母后は自分の姪（梨壺）の生んだ皇子を推していた。ところが母后のライバル妃の姉妹（さっき出てきた美人妃。藤壺）の生んだ皇子が有力候補になって、自分の兄までもがその味方をした時、〝大きに御声出《い》だしたまひて〟（大声をお出しになって）叫ぶんです。

「まったくあそこの家の女どもはどんな〝つび〟（まん）がついているのやら。くっついた男はみんな吸い寄せて、大事をなすことの妨げをしよる」（〝などすべてこの女《め》の子どもは、いかなるつびかつきたらむ。つきとつきぬるものは、みな吸ひつきて、大いなることの妨げもしをり〟）

母后の夫は上皇です。その上皇が寵愛するライバル妃と、息子である天皇が寵愛する美人妃は姉と妹の関係なので、「あそこの家の女どもは、どいつもこいつも」と、なる。

兄が、「東宮の寵愛を受けている方と争いたくない」と反論すると、さらに、

「〝ふぐり〟のついた男の端くれに生まれて、その言い草か」（〝ふぐりつきて、男《をのこ》の端《はし》となりて、かうものをいはむよな〟）と腹を立てる（「国譲下」巻）。

フィクションとはいえ、これが皇后のセリフとして受け入れられるのが平安時代なんです。

当時、皇室に入るのは権力欲にまみれた藤原氏が主体。つまりは政治家の娘ですから、今とはまるで事情が違うし、何より性の観念が違うから、こういうセリフが出てくる。

まず「ちんまん」が恥ずべきものという感覚が薄い。平安時代の流行歌集の『催馬楽《さいばら》』には「まん」のいろんな呼び名を並べた歌があったり、当時の優れた文を集めた『本朝文粋《ほんちょうもんずい》』には、老いた「ちん」をキャラクター化した「鉄槌伝《てっついでん》」と題する漢詩もあります。

「私は〝鉄槌〟。袴《はかま》の下の毛の中に住んでます。またの名は〝磨裸《まら》〟。身の丈二十センチ。太くて

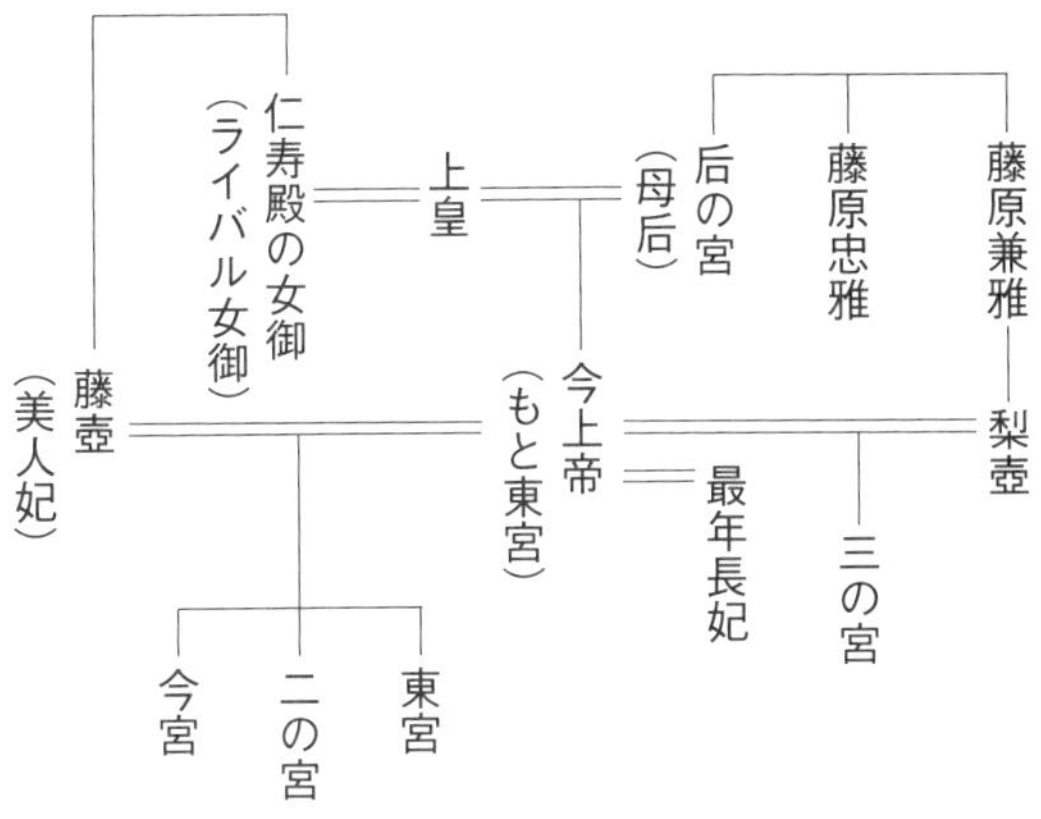

『うつほ物語』「国譲下」巻 系図

先がとがってて、首の下にはイボがある。若い時には袴の下に隠れて、皇女に召されても立たなかったけれど、大人になると〝朱門《しゅもん》〟（まん）に仕えて甚だ愛されたものです」

以下、友達は〝不倶利《ふぐり》〟で、妻は〝朱氏が女《むすめ》〟（朱門＝まんになぞらえて付けた名。つまりは、まん）。妻は鉄槌の老いた姿を見ると、いまだに〝涕《なみだ》〟を流す、つまりまだ濡れる的なことが漢文で綴られてます。

こんな漢詩が、当時のインテリの文章読本みたいな書に載せられ、読まれていたんです。

道徳観念も違います。藤原道綱母という実在の人物による『蜻蛉《かげろう》日記』には、夫の愛人の子が死ぬと「今こそ胸がすっとした」（〝いまぞ胸はあきたる〟）と書いてある。現代人なら愛人は憎くても「子に罪はない」と前置きするところを、今の首相夫人に当たる身分の道綱母は堂々と「ざまぁ見ろ」と書く。平安時代には「不幸になるのは前世の行いが悪かったから」という考え方がありますから、不運な奴は馬鹿にしたり笑ったりしても非難されなかったんです。

清少納言も『枕草子』で、「憎い奴がひどい目にあうのを見るのも〝またうれし〟」と書いてます。

平安人にとって最大の罪は執着心。粘着して呪ったり祟ったりするよりは、こうして感情を爆発させたほうがましという理屈かもしれません。

いじめを「ないもの」として自殺を引き起こすよりは、「あるもの」と認めてから問題に対処したほうがずっと救いがあることを思うと、マイナス要素も「あるもの」として認める平安人の姿には感動を覚えます。

6 セックスで健康になる 『医心方』

雑誌「an·an」の名物特集に「セックスで、きれいになる」ってのがありますよね？ セックスを、きれいになる道具みたいに使うなんて……はじめてこの特集号が出た時、かなり騒がれたものですが、古典オタクの私は何の衝撃も受けませんでした。

なぜって平安時代の『医心方《いしんぼう》』はもっとキョーレツだからです。

『医心方』は現存する日本最古の医学書で、編者は丹波康頼《たんばのやすより》。亡き俳優・丹波哲郎のご先祖様です。全三十巻もある膨大な記述は古代中国の医学書の引用から成り、時の天皇に献上された権威ある書物なんですが、その中の第二十八巻は「房内」篇、ずばりセックス医学で、ここには男のためのセックス健康法、「セックスで、健康&長寿になる」方法が書かれているんです。

『医心方』によれば、健康を損ねる原因は、たいてい陰陽の交接の道、つまり男女のセックスが正しくないから。それでこの本では正しいセックス＝体に良いセックスが三十章にわたって説かれている。

内容は、「童女とセックスすると良い」とか、「一晩に十人以上取り替えるのが最も良い。いつも一人の女とセックスばかりしていると、女に精気を吸い取られるので良くないし、女にとっても疲れやつれることになるので良くない」とか、今なら犯罪めいたものも。

かと思えば、〝玉茎〟（ちん）を儒教の仁義礼智信に当てはめ、ちんが精液を施し与えようとする精神は〝仁〟に相当するとか、先端に〝節〟＝カリがあるのは〝礼〟に相当するとか（礼節って言いますもんね）、謎の脱力記事もある。

ほかにも〝八浅二深〟（八回は浅く、二回は深くちんで攻める）などのハウツーセックス的な記述もありますが、そもそも医学書ですから、いかにセックスを健康に役立てるかが主眼です。八浅二深も、それによって女が身悶《みもだ》えして悦《よろこ》び、あらゆる病が消えるんだとか。また、女を「うつむきにして尻を高くさせ」（槇佐知子全訳精解『医心方』巻二十八より。以下、同書を参考にした）、男はその後ろにひざまずき、女の腹を抱いて、ちんを入れ、体を密着させて四十回ピストン運動をする。女のまんが開き、精液が外に流れるほどになったところで休めば、あらゆる病気にかからず、男はますます元気になる、と。

はたまた、男はうつ伏せに寝て、尻に女をのせ、女にちんを奥まで入れさせることを六十三回繰り返せば、男は筋力がつき、女も生理不順が治るなんてのもあるんですが、ちょっと体位が想像できません。一日に数十回セックスしても射精しなければ、もろもろの病がすべて癒《い》え、寿命は日ごとに増えるという記述もあるものの、一日数十回もできる時点ですでに健康過ぎるのでは……という気もします。

相手の女が太って大柄な時は、一人の少年を使って一緒にまんに挑むとか、男のちんを一人の少女に持たせ、その少女の手で相手の女のまんに入れさせたあげく、第三の女を使って、相手の女の足を愛撫するのは刺激的だとか、もはやどういう健康法なのか分からぬ記述もありますが、要するに一晩中やっても疲れない気持ちいいセックスこそが健康と寿命を増進する要《かなめ》だというんですね。それはそうだとしても、児童をそういうことに利用していいんですか？という疑問もある。身分社会の昔は、人権とか児童福祉といった観念、ゼロに近いです。

いずれにしても、あくまで男の健康がメインですから、〝好女〟（男にとって好ましい女）と〝悪女〟（男にとって悪い女）の章なんてのもあって、骨細で肌に弾力があり、きめ細かく色白で艶やかな肌、指の関節はほっそりしてくぼみ、耳と目は普通より上のほうにあって、股は豊かでまんは上付きでしっとり潤《うるお》っている女とセックスすれば一晩中でも疲れず、男に〝便利〟（有益）で生まれる子は富貴になるとか、性器が男っぽい女や、生理不順の女は最も男に害をなし、赤毛、赤ら顔、痩《や》せぎす、無気力等々の女は男に〝無益〟とか、勝手なことも書かれてます。

『医心方』は天皇家に献上されたあとは長く「秘本」となりました。秘術を独占したいということもあったのでしょうが、平安時代の日本は、古代中国と比べると女の地位が高かったので、その反発を恐れたということもあったのかもという気もします。

7 「まん」の名の歌 『催馬楽』

高杉晋作や伊藤博文に影響を与えた幕末の思想家、吉田松陰《しょういん》。

彼の名を聞くと真っ先に頭に浮かんで離れないフレーズがあります。それは、

「♪よしだしょう～いんし～ん」

大学時代、サークルの先輩が、宴会で十二時過ぎると歌っていたんです。そういう噂はあったものの、合宿で聞いた時、衝撃受けました。その後、先輩は恥ずかしがって聞かせてくれなくなったので、それが私にとっては最初で最後でしたが……。吉田松陰というと、いまだに何をおいてもまずこのフレーズが浮かんでしまう。これのせいで松下村塾《しょうかそんじゅく》とか大事な史実が頭に入ってこず、無駄に小陰唇のイメージがこびりついてしまったという、私にとっては呪いの宴会歌なんです。

宴会歌がエロいのは昔も同じで、平安貴族が宴会で歌っていた催馬楽《さいばら》と呼ばれる流行歌もほとんどがエロい。

その一つ「東屋《あずまや》」は男女の掛け合い方式で、まぁデュエット的な歌なんですが、『源氏物語』にも出てきます。歌の原文を直訳すると、

「東屋の家の軒先の、その雨だれに、私は濡れて立ってます。お宅の扉を開けてください」（〃東屋の　真屋《まや》のあまりの　その雨《あま》そそき　我立ち濡れぬ　殿戸《とのど》開かせ〃）

「掛けがねや鍵があるなら私も扉を閉ざしましょうが、押し開いてどうぞ。人妻ならともかく」（〃鎹《かすがひ》も　錠《とざし》もあらばこそ　その殿戸　我鎖《さ》さめ　おし開いて来ませ　我や人妻〃）

♂ちんが立って先のほうも濡れちゃったので、まんを開いてくださいな

♀まんに鍵があるならともかく、いつでもどうぞ

……というわけです。

この歌を、源氏は十九歳の時、セックス相手の源典侍《げんのないしのすけ》という五十七、八歳の女にぶつけた。

と、さらりと書きましたが、五十七、八で十九のイケメンとセックスですよ！　しかも典侍、源氏の親友の頭中将《とうのちゅうじょう》ともセックスしてます。それもこれもいい年をして色気むんむんな彼女に若者たちが興味を持ったから。

そんなエロい典侍に源氏がこの歌をうたうと、典侍は、

〃押し開いてきませ〃（押し開いてどうぞ）

と応じるのです。それを聞いた光源氏、

「やっぱりこの女は普通の女と違う（ゴクリ）」と思う。

源氏や頭中将とセックスするくらいですから、もちろんただのオバサンじゃない。内侍司《ないしのつかさ》（天皇への取り次ぎ、ことばの伝達に当たり、また宮中の礼式などを司る）の次官という高級官僚で、琵《び》琶《わ》の達人としても、音楽会で男たちに混じって演奏するほどの才女です。

角田文衛によれば、源典侍のモデルは、『源氏物語』の作者の紫式部の夫の兄の妻で、実際に源典侍と呼ばれていた女性だとか（『角田文衛著作集』第七巻）。こういうエロくて仕事の出来る熟女が実在したんですから、やっぱり平安時代は、いい。

催馬楽には、「陰名《くぼのな》」と題する歌もあります。〝くぼ〟とはまんのことで、『落窪《おちくぼ》物語』のヒロインも継母に〝落窪の君〟と呼ばれ、いじめられていました。名前はその人そのものと考えられていた古代、嫌な名前で呼ぶことは罰であり虐待です。愛人の道鏡《どうきょう》を皇位につけようとして和《わ》気清麻呂《けのきよまろ》に阻まれた称徳《しょうとく》天皇が、彼を穢麻呂《きたなまろ》と改名させたのが良い例です（豊田国夫『名前の禁忌習俗』）。落窪とはつまり「腐れまん」「下等まん」といった名前なわけで、ヒロインにしたら大変な屈辱だったのです。あだ名がいじめになっているわけです。

「陰名」はそんなまんの異名ばかり集めた歌。直訳すると、

「〝陰《くぼ》〟（まん）のことは何と呼ぶ？　〝陰〟のことは何と呼ぶ？　〝つらたり　けふくなう　たもろ　つらたり　けふくなう　たもろ〟」

〝つらたり〟以下は原文のまま。古代のまんは通常〝くぼ〟とか〝つび〟と呼ばれ、〝つらたり〟等がまんを意味することばとして出てくるのは催馬楽だけです。そのためなぜこれらのフレーズがまんを指すのか今も謎なのですが、一説に人の名前をもじっているのでは？といいます。〝つらたり〟の〝たり〟は藤原鎌足《かまたり》とか石足の類といい（木村紀子）、〝つら〟は〝つび〟のことではないかという説もある（臼田甚五郎）。

で、思うにこれ、学問的にも新説になると思うんですが、〝つらたり〟は有名人の名前とまんをかけて歌う……つまり、「♪よしだしょう～いんし～ん」みたいなものだったのではないか。〝けふくなう〟と〝たもろ〟は謎ですが、いずれにしてもまんを意味する、しょうもない駄洒落《だじゃれ》に違いありません。

ただし、サークルの先輩が歌っていた替え歌と違い、『催馬楽』は女性のあいだにも非常に流布していたようで、『源氏物語』ではスケベな源典侍だけでなく、夕霧（源氏の息子）の正妻の雲居雁《くものいのかり》も「葦垣《あしがき》」や「河口」といった『催馬楽』の歌を踏まえて和歌のやり取りをしています。平安貴族にとって性愛はそれだけ大事なものだったわけです。

8 淫乱女への悪意 『新猿楽記』

「悪女の深情け」ってことばがありますよね。この「悪女」は男を惑わせる美女のことではありません。ずばり容姿の悪い女、ブスを意味します。

昔は「ブスほど情が深い」とされていたんです。なんだか悲哀を感じますが、この手のことばを生んだのは、平安中期あたりに文学に見えるようになった「ブスは淫乱」という考え方です。

その分かりやすい例が『新猿楽記《しんさるがくき》』。能狂言の元祖である猿楽見物に来た一家の面々を描いた物語なんですが、そこに出てくる十三番目の娘が超絶ブスで淫乱なんです。原文によると彼女は〝娘の中の糟糠《さうかう》〟。糟糠というと、「糟糠の妻」のけなげなイメージがありますが、違います。

「酒かすと粗ぬかのような取るに足りないつまらぬ存在」

ということで、このつまらぬブスが「淫乱」で、相手を選ばずやりまくり、しかも嫉妬深くて、家事一切が不得意という。

これで男がデキるのが不思議ですが、大原で炭焼き（当時、貧乏人の象徴だった）をしている真っ黒な指、真っ白な鬢《びん》の〝老翁〟が夜這いを仕掛けてくる。

こんなに貧しく汚いジジイともセックスするから淫乱というわけなんでしょう。淫乱ブスとエロ爺のカップルです。

『新猿楽記』では醜い女はみんなスケベで嫉妬深いという設定で、このブス女の六十歳の母（あるいは継母）が、夫の愛を得ようと躍起になってる、嫉妬深い老醜女として描かれている。女の性欲への悪意があるというか、エロの地位が下がっているのを感じます。『源氏物語』の六十近い源典侍《げんのないしのすけ》が昔からの恋人のほか、源氏や頭中将《とうのちゅうじょう》といった、四十も年下の愛人と交わっていたことを思うと、この六十妻など、夫ひとりの愛を得たくてじたばたしているだけで〝色を好むこと甚だ盛なり〟と言われてしまっているんですから。

しかも夫には六十歳の妻のほかに二人の妻がいるんです。第二の妻は夫と同じ四十歳。夫は家事のすべてをこの第二の妻に任せている。ということは老妻は夫より二十歳も年上なわけです。で、若いころは実家の勢力と金で夫の世話をしてやっていた。そして第三の妻は十八歳。当然のように夫はこの妻のことばかり可愛がっている。

六十の老妻にしてみれば嫉妬したくもなりますよ。が、朝霜みたいな白髪頭、夕暮れの波のようなシワシワ肌、上下の歯は欠けた猿顔で、おっぱいは垂れきって夏牛の〝閫《ふぐり》〟（金玉）みたいな姿で迫られれば、夫が萎《な》えるのも分からなくはない。

プチ整形なんてありませんから化粧してもたかが知れてます。それでこの老妻、夫の愛を取り戻そうと、あやしげな呪法に手を出します。その名も〝男祭《をまつり》〟では、まんに見立てたアワビを叩いて踊り、稲荷山の〝愛法《あいはふ》〟では、ちんに見立てたカツオ節をうごめかして〝喜ぶ〟。

セックスの神である道祖神には餅を千枚もお供えし、嫉妬に狂う目元は〝毒蛇〟がまとわりつくがごとく、忿怒《ふんぬ》の相は〝悪鬼〟がにらみつけるよう、さらには〝恋慕《れんぼ》の涙〟で顔の白粉が剝《は》げ、嘆きの炎は赤い肝臓を焦がすというのだから情念が深すぎる。これがほんとの「悪女の深情け」です。

そんな老妻を作者は、

「とっとと尼にでもなればいいのに、はかない命に愛着し、生きながら大毒蛇の身となっている」

となじる。いや、命に執着するのは夫も同じでしょう。というか、そもそも夫が悪いんでしょう。利用され、たくさん子供を生んだあげく、年を取ると顧みられず、若い女に夫の愛を奪われた老妻の気持になってみろ。ブス差別・ババア差別をする奴は、ババアやブスのお面をかぶって一日過ごしてみろ！　そうすりゃ少しはその気持ちが分かるだろうにと私は言いたい。

ちなみにこの夫婦の十四番目の娘の夫は、馬鹿日本一という設定で、自分に甘く人に厳しい、お喋りで意地汚く、強欲で、好きなことは詐欺や違法行為。博打と盗みで暮らしており、親不孝者で兄弟との仲も悪いが、唯一の取り柄は〝閇《まら》〟が太くてでかいこと。そんな大きな〝閇〟を軽々と受け入れられるのが十四女だというんです。

この十四女もあの六十の老妻が生んだのでしょうか。あるいは第二の妻なのか。いずれにしても父は一人。この老妻を嫌う夫です。悪女の深情けを招いているのは、どう考えても男ですよね。

9　昔の老人はエロかった　『伊勢物語』『落窪物語』『うつほ物語』『今昔物語集』『古今著聞集』

超高齢化社会の現代日本、「死ぬまでセックス」なんて週刊誌の特集をよく見ます。若者が「草食化」どころか「絶食化」などと言われる一方で、エロ爺・エロ婆は増加の一途を辿るわけですが、実は平安時代にも似たようなことが起きていたんですよ。

『源氏物語』の薫《かおる》なんか、好きな女と寝てもセックスしないし、『うつほ物語』では、大貴族が、皇女と結婚した息子に、

「最近の若い者は妙に真面目すぎる。俺なら皇女を妻に得たって、その妹宮やまわりの人妻は、お妃だって残らずヤってるさ。お前は煩悩《ぼんのう》が少ないのかな」(「蔵開中」巻)

などと言って息子に呆れられています。

これらはフィクションですが、『源氏物語』の作者、紫式部の書いた『紫式部日記』にも、

「若い人が真面目にしている世の中で、先輩女房が見苦しく戯れるのもみっともないだろう」

とあって、

「草食化する若者」VS「肉食系の中高年」

という、今そっくりの状況があったことが分かります。

当然のごとく古典文学にもエロ爺とエロ婆が急増する。

『落窪《おちくぼ》物語』では、継母が継子いじめの道具としてエロ爺を利用します。継母には六十歳の貧乏でスケベな叔父がいた。この爺に姫君を強姦させようと継母は思いつくんです。そして姫を納戸《なんど》に監禁し、この爺が医者であるのをいいことに、

「姫の体を触って診察してやって」

と命じ、納戸の中に入らせる。爺は姫の胸をまさぐったり、手に触れたりしながら、服を脱いで横になるというセックス寸前の行為に及ぶものの、失敗に終わるんですが、これって継子いじめというより犯罪ですよね。

老医師にはスケベなイメージが強かったんでしょう。『今昔《こんじゃく》物語集』巻第二十四にもエロい爺医者が出てきます。彼は有名な名医で弟子もたくさんいた。そこへある日、三十路の美人患者がやって来て、セックスをちらつかせるものですから、エロ爺、

〝歯も無く極《きはめ》て萎《しぼめ》る顔〟

が満面の笑みになります。しかもこの美女、よりによって、まんの〝ほとり〟にでき物が出来ていた……って、漫画だってこんな都合のいい設定はないのでは？

で、エロ爺が彼女の袴《はかま》の紐を解かせて、〝前〟を見ると、患部が〝毛の中〟にあって見えない。手で探り、さらに左右の手で毛をかきわけて見ると、それは命に関わる腫れ物でした。するとエロ爺、

「今こそ長年培った技能のあらん限りを出し尽くす時だ」

と決意して、七日間、夜も昼も、他の患者をすべて断って、この美女の治療にかかりきりになるんですから、スケベ心のパワーは偉大です。

めでたく完治したあとも、鳥の羽で美女のまんに薬を塗ったりして楽しむエロ爺でしたが、最終的には女にトンズラされ、女のまんが治ったらセックスしようという当てがはずれて、弟子にも世間にもバカにされるという笑い話になってます。

エロ爺の話は総じて失敗に終わるパターンが多い一方で、エロ婆になると事情は違ってきます。『伊勢物語』では主人公の在原業平が〝百年《ももとせ》に一年《ひととせ》足らぬ〟というほどのお婆さんと寝ていますし、『源氏物語』の源典侍《げんのないしのすけ》は五十七、八歳で十九歳の光源氏や、その親友の頭中将《とうのちゅうじょう》ともセックスしている。

まぁ男には妊娠の恐れがありませんから女よりはストライクゾーンが広くて当たり前なんですけど（エロ婆にも妊娠の恐れはありませんが）、ひょっとしたら男はエロ婆に「年の功で磨き抜かれたエロ技術」を期待していたのかも。それとも安心感を求めていたのか……今も婆専《ばばせん》なんてことばがありますが、昔も婆好きはいるもので、『古今著聞集《ここんちょもんじゅう》』巻第十六には、六十の「小松」という老女を寵愛しているため、〝小松まき〟（小松まぎ、とも）とあだ名をつけられた実在の若侍も出てきます。〝まき〟とはつまりセックスのこと。「小松とやってる奴」という意味です。私はこの話が大好きで、あちこちで紹介していて、訳も可愛く「小松ラブ」としています。

歌コラム　その2

眉を掻く　恋しい人が現れる前兆

『万葉集』巻第十一

〝眉根《まよね》掻《か》き　鼻《はな》ひ紐解け　待つらむか　いつかも見むと　思へる我を〟

(眉を掻き、くしゃみし、下紐も解けて、あの人は待っているだろうか。いつになったら逢えるのやらと思っているこの私を)

昔の人はよほど恋人の来訪を心待ちにしていたんでしょう。恋人の来る前兆を至る所に見つけていました。『万葉集』のこの歌にはそうした前兆が詰まっています。俺があの娘に逢いに行こうとしている今、あの娘は、眉を掻いて、くしゃみをして、ボトムスの紐もしぜんにほどけちゃっているんだろうなぁ。俺のこと、待っているんだろうなぁ、というわけです。恋しい人に逢えるという前兆が、恋人のもとでマックスで起きていると考えている。そんなふうに思う詠み手の思いも相当強いということが伝わってきます。

第三章　『源氏物語』——奥ゆかしさの裏の過激なエロス

1　セックスのしすぎで死んだ？——エロの破壊力　『源氏物語』『栄花物語』

『源氏物語』は、ダイレクトな性描写ではなく、花鳥風月すべてで性愛を描写することで、文学の香りとエロを共存させた希有な大古典。

冒頭には、「エロに政治的思惑が介入することの悲劇」と、「エロの破壊力」とでも言うべきものが描かれています。

舞台は、女御《にょうご》・更衣《こうい》があまたお仕えする天皇の後宮。そこに、

「さほど高貴な身分でもない女で、ずば抜けて寵愛を受けている者がいた」と。

これは穏やからぬことです。

娘を天皇家に入内《じゅだい》させ、生まれた皇子を皇位につけ、その後見役として一族が繁栄する「外戚《がいせき》政治」が行われていた当時、天皇家に入内する女たちには、一族の命運がかかっています。

中でも、代々、摂政関白を輩出してきた権勢家の娘は、家のプレッシャーがハンパない。彼女たちの実家は何とかして、娘のもとにミカドや東宮がおいでくださるよう、娘が愛され……手っ取り早く言えばセックスしてもらって……皇子が生まれるよう、娘の教育に財を費やし、娘を飾り立てることに懸命でした。

『枕草子』の作者の清少納言や、『源氏物語』の作者の紫式部も、一条天皇に入内した定子や彰子を飾るため、そのサロンに華を添え、公達が集まり、ひいてはミカドのおいでが頻繁になるように雇われた才媛です。

そんなふうに貴族がしのぎを削っていた時代、『源氏物語』冒頭に出てくる更衣（桐壺更衣《きりつぼのこうい》）は、母方の後見も薄い中、ミカドの寵愛を一身に集めていたのですから、他の女御・更衣の恨みを買うのはもちろん、その親族である公達にも快く思われないのは無理からぬこと。

しかも玉のように美しい〝男皇子《をのこみこ》〟（＝源氏）まで生まれ、ただでさえ皆に憎まれる中、彼女の後宮での〝御局《みつぼね》〟（お部屋）＝〝桐壺〟が、ミカドのいる清涼殿からは遠いからと、近くに部屋を頂いていた更衣をどかせて、その部屋を、桐壺更衣が御前に参上する際の控え室として与えたものですから、ましてその更衣の恨みは慰めようもなかった、と。

こうして多くの人の恨みを負うことが積み重なったせいで、桐壺更衣は心身共に弱っていったというわけです。

これは明らかにミカドがいけない。

理想のミカドとは、女の好き嫌いをしない男です。『栄花物語《えいがものがたり》』にはこんな一節があります。

〝村上などは、十、二十人の女御、御息所《みやすどころ》おはせしかど、時《とき》あるも時なきも、なのめに情《なさけ》ありて、けざやかならずもてなさせたまひしかばこそありしか、これはいとことのほかなる御有様なれば〟（巻第二）

村上天皇などは、十人、二十人の女御や御息所がいたが、寵愛する者にもそうでない者にも普通に思いやりがあって、目立った差別をなさらなかったからこそ良かったのだが、〃これ〃（このミカド）はずいぶん極端ななさり方である、というのです。

〃これ〃とは花山《かざん》天皇のことで、桐壺更衣の激しい愛し方においてモデルとなったミカドと思われます。

『栄花物語』には、花山天皇に愛された女御姫子（藤原朝光《あさみつ》の娘）に嫉妬して、何者かがミカドのお通りになる通路などに悪さをしたため、ミカドも姫子のもとに行かず、姫子もミカドのもとに行かず、寵愛が衰えたと、ある。

これは、桐壺更衣に嫉妬するあまり、送り迎えの女房の裾が汚れるような嫌がらせを通路にしたという『源氏物語』の描写とそっくり。要するに汚物を撒いたんです。

同じく花山天皇に寵愛された女御忯子（藤原為光の娘）は、〃いとあまりさまあしき御おぼえ〃（実に見苦しいまでのご寵愛）を受けたという、『源氏物語』の桐壺更衣とそっくりなことに。『源氏物語』にも、ミカドは桐壺更衣に対して、〃さまあしき御もてなし〃をしたと、はっきり書いてあるんです。そのせいで更衣は人々に憎まれた、と。

忯子の話に戻ると、彼女は妊娠五ヶ月にやっと許されて宮中を退出したものの（当時の妃は実家でお産をした）、花山天皇は忯子に逢いたい一心で、

「ただほんの宵のあいだだけでいいから」

と妊娠八ヶ月の忯子を参内させ、

〝夜昼《よるひる》やがて御膳《もの》にもつかせたまはで入《い》り臥《ふ》させたまへり〟（『栄花物語』巻第二）

夜も昼もそのまま御食膳にもつかず、寝所に入って寝てばかり……つまりはセックス三昧《ざんまい》をした。

その結果、危篤状態になった忯子を、なおも花山天皇は退出させず、父大納言が真剣に奏上したために、泣く泣く許した。そして〝輦車《てぐるま》〟（勅許を賜った者のみが乗れる車）を引き出して退出する間際まで見送られた。が、忯子は実家に戻るや、頭を上げることもできず、妊娠八ヶ月で死んでしまうのです。

このくだりが『源氏物語』の桐壺更衣の死亡記事とそっくりなんです。

人々に恨まれ、衰弱していく桐壺更衣は体調を崩して、宮中を退出したいと申し出るものの、ミカドは許してくれない。そのうちどんどん悪化したんで、更衣の母君が泣く泣く奏上してやっと許され、ミカドは〝輦車〟の宣旨を出す。けれどいざ別れの時が来ると、また更衣の部屋に入って、どうしても退出させない。

やっとのことで退出したその夜、桐壺更衣は死んでしまう……。

『栄花物語』の花山天皇と忯子の関係と瓜二つです。

『源氏物語』ができた当時の人は、当然、その関係を想起したでしょう。

『源氏物語』は、更衣の里を弔問したミカドの使いに対して、更衣の母にこう言わせている。

「横死のような形でとうとうこんなことになりましたのでかえって恨めしく……畏《おそ》れ多いミカド

のご寵愛も存じ上げてしまいます」

ミカドの激しすぎる愛……〝さまあしき御もてなし〟（見苦しいまでの御厚遇）が、更衣の命を奪った、と恨んでいるわけで、『源氏物語』は冒頭で、男が一人の女を愛するという行為を否定する当時の政治の仕組みを告発すると同時に、人をも殺す「エロの破壊力」を浮き彫りにしているのです。

2 今なら犯罪 ロリコン貴族『源氏物語』『今鏡』

『源氏物語』はダイレクトな性描写がありません。

代わりに、花鳥風月あらゆるものに託して性を表現しています。山に月が入るといえば「まんにちんが入る」、貝や花はまんや女、傘をさすは「ちんを入れる」、軒下に立って露に濡れればもちろん「ちんが立って先が濡れている」。こうした優雅な記号によって、当時の読者は「やったんだな」と了解するわけです。

そんな『源氏物語』の中で、数少ない際どい描写が、源氏と藤壺、紫の上、玉鬘《たまかづら》といった美女たちとの交流場面。父帝の后という許されぬ立場の藤壺と源氏は関係を持ち、不義の子（のちの冷泉《れいぜい》帝）まで生まれていました。そして父の死後、再び源氏が藤壺を犯そうとした時、藤壺はつかまれた上着を脱いで逃げようとします。ところが源氏は上着と共に藤壺の長い髪もつかんでいたため、藤壺は髪ごと、ぐいぐい引き寄せられて、源氏に抱きしめられてしまう。

しかもこの時、源氏は藤壺に嫌われたくない一心で、欲望をこらえます。一晩中抱きしめながらも一線は越えぬまま〝今宵も明けゆく〟、と。〝も〟というのは前の晩も源氏は藤壺と過ごしていたから。朝になって、今で言うウォークインクローゼットのような部屋に、藤壺の侍女に押し込められて、ずーっと過ごしていたのですが、夕方になって再び出て来て迫ったわけです。もちろん侍女は源氏が隠れているのを知っていたものの、藤壺を心配させないように黙っていたという設定です。

朝から夕方までクローゼットに隠れているって凄いですよね。

藤壺はさぞ怖かったでしょう。帰ったと思った源氏がまだいたんですから。

こういう、今なら犯罪に当たるようなことが、古典文学にはわんさかあるんです。

この藤壺の代わりに、源氏が手に入れたのが紫の上という、藤壺そっくりの美少女。これがさらに犯罪めいていて、紫の上を育てていた祖母が死んで間もなく、源氏は紫の上のもとを訪れ、御簾《みす》の下から髪や手をとらえた上、すべるように中に入ってしまいます。乳母はハラハラするものの、源氏はミカドの愛息子なので手荒く引き離すこともできない。紫の上は当時数え年十歳、満なら九歳ですから、今でいう小学三年生です。

「眠たいの」

と言うのを源氏は無理に起こして、寒げに震える紫の上の可憐な〝御肌〟に、下着一枚だけをくるむように着せ、

「うちにおいでよ。綺麗な絵がたくさんあるし、人形遊びもできるよ」

などと子供が喜びそうなことを言いながら優しく〝語〟らったと、物語にはあります。

〝語〟らうというのは男女がつきあうという意味もある。

要するに小学生を下着一枚にして共寝したのです。とはいえ源氏が紫の上と本格的にセックス

するのは紫の上が数えで十四歳の時なので、それまでは最後の一線は越えていなかったものの、寝る時はいつも一緒で、「二人はデキている」と周囲は勘違いしていたという設定ですから、セックスに近いあれやこれやをしていたことは間違いありません。

当然ながら平安時代にもロリコンはいて、歴史物語の『今鏡《いまかがみ》』第六には太政大臣の藤原宗輔《むねすけ》という実在の人物が、妻も定めず、〝幼きめのわらはべ〟（小さい女の子）を大勢ふところに抱いて寝ていた、とあります。下着一枚の紫の上と共寝した源氏は「我ながらおぞましい」などと感じているので、幼女に欲情するのは異常と思われていたのは確かです。だからこそわざわざ『今鏡』にも書かれてしまっているのですが。犯罪という認識はなく、「変わった趣味の人」と噂されるていどで済んだのでしょう。

宗輔は、蜂に名前をつけてたくさん飼っていたことでも有名で、〝蜂飼《はちかひ》の大臣《おとど》〟と呼ばれ、侍を叱る時などは「何々丸、あいつを刺して来い」と命じると、蜂は言う通りにしたと言います（『十訓抄』上）。

たくさんの蜂を意のままに操るロリコンって、なんだか怖いです……。

ちなみに宗輔は保元《ほうげん》の乱で破れた藤原頼長側にいたのに罰せられず、八十六歳まで生き延びます。ロイヤルゼリーでも食べていたんでしょうか。

3『源氏物語』の処女たち　『源氏物語』『小柴垣草紙』

日本ではかつて処女性がほとんど尊ばれなかったというのは、安土桃山時代、来日したキリスト教宣教師フロイスが、「日本の女性は処女の純潔を少しも重んじない。それを欠いても、名誉も失わなければ、結婚もできる」(『ヨーロッパ文化と日本文化』)と驚いたことからも有名な話です。

『源氏物語』の源氏も、処女の朧月夜《おぼろづきよ》とセックスしたあと、

「まだ男を知らなかったところからすると、右大臣の五の君か六の君だろうな。帥宮《そちのみや》(源氏の異母弟)の北の方(右大臣三女)や、頭中将《とうのちゅうじょう》(源氏の義兄で親友)が好かないと言ってる四の君なんかは美人と聞いた。これがそういう女だったらもう少し面白かっただろうな」(「花宴」巻)

などと思っている。弟や親友の妻ならもっと面白かったのに、というのです。

では昔の日本男児は処女にはまったくそそられなかったのか。というと、そんなことはありません。

未婚の内親王や女王という「超高貴な処女」が選ばれる「斎宮《さいぐう》」が古くから激しい恋の対象として描かれてきたことは、『伊勢物語』に綴られる在原業平《ありわらのなりひら》の恋物語でも分かります(→第二章3話)。

『小柴垣草紙』(摸本)から(国際日本文化研究センター蔵)

九八六年には、野宮《ののみや》で潔斎中の斎宮済子《なりこ》女王が、警護の武士平致光《むねみつ》と密通するという事件が起き、これを題材に『小柴垣草紙《こしばがきぞうし》』(十三世紀)という絵巻物も描かれます(上の絵は後世の摸本)。ここでは、女王が致光の顔を踏んだり、致光が女王のまんを舐《な》めたりしているのが衝撃的。「超高貴な処女」の性にそそられる人が少なくないからこそ、文芸の題材となったのです。

『源氏物語』にも処女であることが明記される女や、処女に感激する男も登場する。

まず空蝉《うつせみ》の継子である軒端荻《のきばのおぎ》。彼女は処女で豊満で、〝はなやかなる容貌《かたち》〟でしたが、男を知らぬ割にはうろたえもせず、深みのない性格だったため、源氏は、「いつでもできる女」と見なして、心惹かれることはありませんでした。源氏は当時、十七歳という若さだったせいもあってか、人妻の空蝉のほうに夢中になってしまいます。空蝉は、ブスながらも、嗜《たしな》みと知性があり、しかも源氏の父桐壺帝に入内《じゅだい》する予定だった（が、父親が死んだので入内を断念。金持ちの受領の後妻になる）というのも源氏にとってはそそる要素だったに違いありません。

弘徽殿大后《こきでんのおおぎさき》の妹で、右大臣の娘という高貴な朧月夜も処女で、こちらは、素性を教えてくれと頼む源氏に、

「私がこのまま姿をくらましたら、草の原を分けてでも探そうとはお思いにならないの？　自力でお探しなさい」（〝うき身世にやがて消えなば尋ねても草の原をば問はじとや思ふ〟）

という色っぽい歌を詠むなど天然の媚態《びたい》と知性と美貌ゆえ、源氏にとって忘れ得ぬ女になるものの、「これが人妻だったらもっと燃えるのに」的な感想を源氏が抱いたことは前に触れました。

十歳の時、源氏の屋敷に拉致同然に連れて来られ、十四歳で犯されて以来、最愛の妻となった紫の上も、もちろん処女でした。

が、主人公の源氏は、彼女らが処女だからといって価値を見出している風はなく、むしろ夕顔などの魅惑的な人妻に惹かれたりしている。

思うに、「処女に感激するような男は無粋」というのが当時の価値観だったのでしょう。

『源氏物語』で、処女に感激した男は、堅物で優美なところのない男という設定です。

それが鬚黒《ひげくろの》大将。

彼には、三、四歳年上の妻がいて、子も二人もうけていましたが、夫婦仲はすっかり冷え切っていた。

そこへ、源氏の養女となった玉鬘《たまかづら》が現れ、冷泉帝《れいぜい》への入内が内定する中、多くの男たちが、求婚のラストスパートをかけます。ミカドへの入内が内定したからといって諦めるのでなく、「天皇のものになる前に」とばかり、男たちが躍起になるのは当時の天皇という存在を考える上でも倫理観という点でも興味深いものがあります。男女のことは前世から決められた「宿世《すくせ》」（宿運）と見なされていた当時、「やった者勝ち」というところがあったのです。

首尾良く玉鬘をものにしたのが、求婚者の中でも「色が黒くてひげが多いのが気に入らない」と玉鬘に嫌われていた鬚黒なのですから皮肉な話ですが……。

この鬚黒、当初は、玉鬘が処女ではないと考えていた。

はっきり言えば、養父の源氏に「やられてる」と思っていた。

鬚黒の古妻の母親などは、

〝おのれ古《ふる》したまへるいとほしみに〟（「真木柱《まきばしら》」巻）

実直な鬚黒に押しつけたのだ、と邪推していた。

源氏が自分でやり古した罪滅ぼしと申し訳なさから、真面目な男に縁づけたと考えていたのです（本当は玉鬘と鬚黒の結婚を画策したのは、玉鬘の実父の内大臣だったのですが）。

〝古し〟という形容がいかにも「おさがり」感があって、生々しいではありませんか。

それが世間の見方で、鬚黒はもちろん、実父の内大臣も「それでもいい」と思っていた。内大臣などは、

「たとえ源氏と関係があっても、それを〝瑕《きず》〟とすべきようなことならともかく、こちらから進

んで近づけたところで世間に非難されるいわれはあるまい」(「行幸《みゆき》」巻)と考えていました。それほど源氏の社会的地位は高かったのです。そしてそういう人の性の相手になっていたことは、玉鬘の結婚の瑕にはならないというのが当時の価値観だったのです。

ところが鬚黒が実際に玉鬘と寝てみると、想像以上の美貌に加え、〝かの疑ひおきて皆人の推しはかりしこと〟(皆が疑って邪推していた例のこと＝源氏との性関係)さえ潔白だったものですから、鬚黒は、〝あり難うあはれと思ひ増し〟た。

めったにないことと感動し、玉鬘への思いが増した、というのです。

実際は、源氏は玉鬘の肌や髪に触れるといった、セックス寸前のことはしていたのですが、処女は処女。

鬚黒にしてみたら、思わぬ儲けものをしたという感覚だったでしょう。

が、あくまでこれ、堅物だから成り立つ構図。

平安中期、処女に喜ぶ男なんてのは「優美な恋の情趣を解さない野暮」と考えられていたのです。

ついでに言うと、『源氏物語』の作者の紫式部は、学者官僚だった父の影響で幼いころから漢籍に親しみ、女主人の彰子中宮にも『白氏文集《はくしもんじゅう》』などの漢籍をレクチャーした女。中国思想の影響でしょうか、当時の普通の日本人よりは処女性を重んじるふしがあって、『源氏物語』では、夫以外の男や二人以上の男とセックスした女は死ぬか尼になると相場が決まっています。

4 『源氏物語』のブス愛——ブスを愛する人がいちばんエロい 『源氏物語』『文選』

『源氏物語』の一大特徴は、ブスが三人も主人公の妻や恋人になっているという点です。

これ、それ以前の物語ではあり得ません。

『源氏物語』以前の物語ではブスは憎まれ役の悪役でした。

『古事記』では、地上に降臨したニニギノ命が最初にしたことは美人に求婚し、ブスを棄てることだったし(→第一章9話)、『うつほ物語』でも金持ちで老醜の女は、継子を陥れ、財産がなくなると男に棄てられます。

それが『源氏物語』では、

〝言い立つればわろきによれる容貌《かたち》〟(どちらかというとブスの部類に属する)の空蝉《うつせみ》が源氏の忘れ得ぬ恋人となり、

〝あなかたは〟(なんて不格好な)と源氏がショックを受けた醜貌の末摘花《すえつむはな》が、妻の一人になり、

〝かたちのまほならず〟(容姿が勝れていない)と源氏の息子の夕霧が驚く花散里《はなちるさと》が、源氏の主要な妻となる。

源氏とセックスした女は数あれど、その中で源氏の屋敷に迎えられた女たちは、紫の上、明石

の君、花散里、末摘花、空蟬、女三の宮の六人。うち三人はブス。つまりブス率は二分の一なのですから、源氏がいかにブスを優遇していたかが分かります。

平安中期は、美醜は前世の善悪業の報いという法華経の思想が受け入れられていたことを思うと、罪深いはずのブスを好意的に取り上げた作者の紫式部は、

「ブス革命」

を果たしたと私が思うゆえんです（そのあたりの詳細については拙著『ブス論』を）。

ところで、『源氏物語』のブスを考える際、私の心にいつも浮かぶのは古代中国の文学作品集『文選《もんぜん》』の「登徒子好色賦《とうとしこうしょくのふ》」という作品です。

大夫（諸侯の世襲貴族）の登徒子《とうとし》が、楚《そ》王のそばに仕えていたところ、宋玉《そうぎょく》という男を非難して、

「あいつは容姿端麗で、ことば巧みで、好色です。一緒に後宮に出入りなさらないほうがよろしいかと」

と言った。

王が登徒子のことばを宋玉に伝えて確認したところ、宋玉曰く、

「容姿が端麗なのは天から授かった素質です。ことば巧みなのは師から学んだものです。色好みに関しては違います」

「そなたが色好みでないのはどうやって説明するのか。説明できなければそなたを退けるぞ」

すると宋玉はこう言いました。

「美人は楚の国にまさるものはいません。楚の国の美人は私の郷里にまさるものはありません。私の里の美人は私の東隣の娘にまさるものはいません」

その東隣の娘が彼の家の垣根にのぼり、モーションをかけて三年経つのに、宋玉は彼女の思いに応えていないと言います。

「ところが登徒子は違います。彼の妻は頭はぼさぼさ、耳はつぶれ、唇は薄くて歯はむき出しでまばら、まっすぐ歩けず背は曲がり、皮膚病と痔に冒されています。にもかかわらず登徒子は妻に欲情し、五人の子を作りました。私と登徒子、どちらが色好みと言えるでしょう」

天下の美人の媚《こ》びにも応じぬ宋玉より、ブス妻と悦《よろこ》んで五子をなした登徒子のほうがよほどスケベではないか、というのです。

この論理でいくと、ブス妻二人とブスの恋人一人をもった源氏は、よほどのエロ男と言えますが……。

彼がその三人に性的に惹かれていたという設定なら面白いものの、実際にはそうではありません。

空蝉との関係は彼女の拒絶で一度のみ、花散里や末摘花とはセックスレスであることが強調されている。源氏が性的に燃え上がるのは、藤壺や朧月夜、紫の上、玉鬘といった美女たちであることは揺るぎないし、子をなしたのも藤壺、葵の上、明石の君といった佳人たち。

では、ブスたちの何に源氏が惹かれたかというと、精神的なつながりを紫式部は強調していて、空蝉はその嗜《たしな》みや知的な性格、花散里は穏やかさや、一目で人を見抜く聡明さに源氏が惹かれ、長い付き合いが続いていることが浮き彫りにされています。

末摘花に関しては、貧乏だわ空気を読まないわ、

〝とるべき方なし〟（何の取り柄もないな）（「末摘花」巻）

と源氏は思うものの、そんな末摘花に我慢できる男は自分だけではないか、これも彼女を案ずる亡き父宮の魂の導きなのではないかという思いで、自分だけは彼女を棄てまいと思う。そして自分だけを頼みにして待つ彼女のいじらしさが浮き彫りにされている。

ブスを愛する人がいちばんエロいという『文選』の作品では、ブス妻と、そんな妻を愛する男が、徹底的な男目線で笑い物にされていますが、『源氏物語』では、ブスを救おうとするあまり、ちょっとブスが良い子になりすぎて、パワー不足なきらいもある。

しかしそうしないと、世間が敬う絶世の美男の源氏が妻や恋人にするという設定に無理が生ずるという思いがあったのでしょう。

ブスは前世も劣った悪人と蔑まれていた平安中期、ブスを良い役にして、良い目を見せた『源氏物語』は、当時の美貌至上主義、美醜の観念に激しい殴り込みをかけているのです。

5 継父による性的虐待 紫の上・玉鬘 『源氏物語』『有明けの別れ』

拙著『本当はエロかった昔の日本』でも紹介しましたが、平安後期の『有明けの別れ』には、継父による性的虐待が描かれています。

女の体を持ちながら男の子として育てられたヒロインは、透明人間になる隠れ蓑《みの》の術を持っていて、見たいと思った女の家にはすべて忍んで見ていたものの、自分と並ぶほどの優れた女は見出せないでいました。

そんな睦月《むつき》（一月）の雨の夕暮れ。

いつものように姿を隠して、叔父の左大将が住む北の方の家に忍び込みます。当時は、男が女の家に通う通い婚が基本。新婚時期が過ぎると、男は正妻の家に住む形が多かったので、左大将も、正妻＝北の方の家に住んでいたのです。そこへヒロインが姿を消して忍び込んだところ、左大将が、女房の手引きで北の方の娘の部屋に入って行く。左大将と北の方は再婚どうし。左大将にとってこの娘は継子です。

見れば、この継娘の寝所に左大将が侵入するのはこれがはじめてではない様子。しかも継娘である姫君は、とてもおびえて嫌がっている。

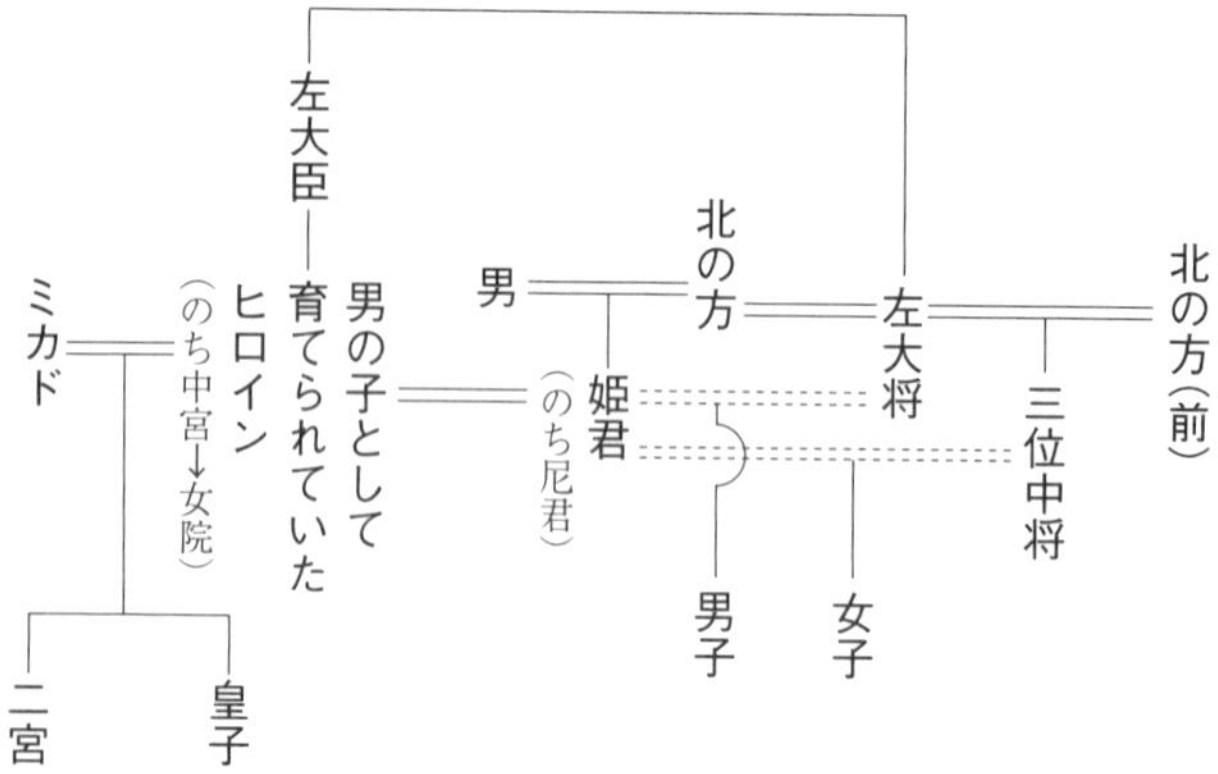

『有明けの別れ』系図

＝＝は結婚関係
＝＝は性関係

事の次第を察したヒロインは、気の毒な情事を見るに忍びなく、そっと立ち去りながらも、この姫君のことが気になって、その後も訪ねてみたところ、北の方は夫が娘を犯していることなどまるで知らぬ様子で碁を打っている。その姿は三十過ぎなのに二十歳にしか見えぬ若々しさ。一方の姫君も母に劣らぬ美貌なものの、ひどくしょげ返り、母とまともに目も合わせず、沈みがちに鬱々としています。

実は、姫君は継父の子を妊娠していました。そんな姫君の寝所に、北の方の目を盗み、〝なれ顔〟(馴れた顔つき)で入って横になる継父左大将……。

そこへ北の方がやって来ます。

それまでも〝いける心地〟(生きた心地)もしなかった姫君は、もはや「死にたい」の一言さえ発することもできない……。

その一部始終が『有明けの別れ』には詳述されています。

結局、破滅を目前にした姫君を救うような形で、男姿のヒロインは姫君を自邸に迎えて妻にします。女の身で妻を迎えたわけで、一見、同性婚を先取りしたかに見えますが、世間的にはヒロインは男なので、通常の結婚と変わりありません。

しかも継父に性的虐待された姫君は、継父の息子にも犯され、継父の子ばかりか、継兄の子まで妊娠出産するという悲惨なことになって出家。

ヒロインも、男姿でいたところを、「男でもこんなに美しい人なら」と興奮したミカドに襲われ、「女だったのか！」ということになり、ミカドの中宮となって皇子を生むことになります。

この物語では、女の体を持っている限りは、男に犯され妊娠させられるという、女の自由や少数派の性を尊重するといった方向性とは真逆の論理が働きながらも、継父（養父）に性的虐待される娘の心理が娘の視点で描かれている。そして犯す継父の図々しさも、見てきたように描かれているのです。

『有明けの別れ』に限らず、多くの後続文学に大きな影響を与えた『源氏物語』にも、養父による性的虐待が描かれます。

ほかならぬ主人公の源氏による玉鬘《たまかづら》へのセクハラです。

玉鬘は、源氏が十七歳のころ、デート中に死なせてしまった夕顔（当時十九歳）の忘れ形見でした。実父は内大臣（頭中将）ですが、事の成り行きから、二十一歳のころに源氏に引き取られることになります。

というのも、彼女の母夕顔が物の怪《ものけ》に襲われる形で急死した時、源氏は責任を問われるのが嫌で、その死を夕顔の遺族に隠し、夕顔と共にいた右近という女房（夕顔の乳母子《めのとご》）も口止めのため、自邸に引き取ってしまいます。

そのせいで、残された家族や召使は夕顔の死を知らぬまま、当時三歳だった玉鬘も帰らぬ母を待ち続け、翌年、召使の赴任先の九州に伴われることになります。そして年ごろになると現地の土豪に求婚され、命からがら上京、長谷寺で亡き母夕顔の侍女だった右近と再会します。

その右近が今は源氏の正妻格の紫の上に仕える身だった関係で、玉鬘の生存が、実父ではなく源氏に知らされることになるのです。

そうと聞いた源氏は、この玉鬘を自分の娘にし、「好き者どもの心を騒がす種にしよう」と思いつく。彼女の実父の内大臣にはたくさん娘がいる、その中に今さら混じっても大事にされまい、俺が大事にかしずけば、たくさんの男どもが群がって面白いぞ、と考えたのです。

源氏の意向を知った右近は、「ご意向にお任せします」と言いつつも、

「とにもかくにも、姫君を引き立て、お助けになることが〝罪〟滅ぼしになりましょう」（「玉鬘」巻）

と、夕顔を死なせた原因が源氏にあることや、その死を伏せていたことの罪をちくりと指摘します。

そりゃそうです。

親友の妻の一人だった夕顔と不倫した上、デート中に死んでしまうと、スキャンダルを恐れて、

遺族にその死を知らせなかったんですから。

そのせいで、玉鬘は大変な苦労をしたんですから。

源氏にとって玉鬘はかつての不倫相手の忘れ形見なわけですが、そんな玉鬘の存在を実の父にも知らせず、父親面《づら》して引き取った上、大事にしなかったらバチが当たるでしょう。

実際には、源氏は玉鬘を大事にし、源氏の娘と公表された玉鬘のもとには、源氏ブランドを欲する男たちが群がり、その中には玉鬘の実兄の柏木まで混じる騒ぎになるのですが……。

玉鬘の美貌と才知を目《ま》の当たりにした源氏は、辛抱たまらん状態になっていきます。

養父が養女を「好色な目」で見るようになっていくのです。

そのことにいち早く感づいたのは、源氏の愛妻の紫の上でした。

「昔の母君（夕顔）のほうはあまりに晴れやかなところがなさ過ぎた。この君（玉鬘）は、物わかりも良さそうで、親しみやすさもあって、何の心配も要らないように見える」

そんなふうに源氏が玉鬘を褒めたところ、紫の上は言います。

「物事をよく見抜くお方のようなのに、あなたのことを〝うらなく〟（無邪気に）〝頼み〟にしておいでなのが気の毒ね」

「俺が頼りにならないって言うのかい？」

「いえ、我が身を振り返っても、我慢できないくらい思い悩んだ折々があったから……そういうあなたのご性格が思い出される節々がなくもないので」（「胡蝶」巻）

この紫の上のセリフについては、源氏が過去、他の女に示した好色心に悩んだことを指すというのが定説ですが、私はこれは、十歳で引き取られた紫の上が、十八歳の源氏を父と慕ってなついていたのに、十四歳になって、その女らしさに耐えられなくなった二十二歳の源氏に犯されたことを指すと考えます。

当時、紫の上は「なんでこんなイヤらしい気持ちのある人を〝うらなく〟（無邪気に）〝頼もしく思っていたのだろう」と傷ついて寝込んだものです。紫の上のことばづかいからして、その時のこと……養父に犯されたこと……を指すと考えられると思うのです。

橋本治も『窯変 源氏物語』七で、紫の上は「〝もう一人の自分〟の出現を、悲しんでいた」として、同様の解釈をしています。

で、玉鬘ですが、紫の上の心配した通りになってしまうんですよ。

正確には、心配したそのものズバリまではいかないものの、紫の上とのこの会話の直後、源氏は玉鬘に思いを告白し、「やっぱり我慢できそうにない」と言って玉鬘の手をとらえます。玉鬘は〝いとうたて〟（本当に嫌）と思いながらも、おっとりした態度を装って歌を詠む。そして〝むつかし〟（怖い）と思ってうつぶせになる姿が、源氏にとっては〝いみじうなつかしう〟（むしゃぶりつきたいほど）魅力的に映る。

以下、源氏の欲望に添った玉鬘の姿を、原文で紹介すると……。

〝手つきのつぶつぶと肥えたまへる、身なり肌つきのこまやかにうつくしげ〟（手つきがぴちぴちふっくらとして、体つきや肌がきめ細かで綺麗）

そんな玉鬘の姿にますます欲情した源氏は、着ていた着物を脱いで、すぐそばに添い寝します。貴婦人が親兄弟以外の男には顔を見せなかった当時、これはセックスをしたも同然の状況。

その上でこんなことを言う。

「まったくの赤の他人ですら、世間の常識では、皆、女は体を許すものなのに、こう長年親しくしていながら、この程度の態度を見せたところで、何を嫌がることがあるんだ」

男って、目的のためなら、こういう時、本当にメチャクチャな屁理屈を言いますね。しかも源氏と玉鬘はこの時出会ってまだ半年。「長年」というには当たりません。

あげく、さんざん玉鬘を怖がらせたあとは、〝ゆめ気色《けしき》なくてを〟（決して気づかれないようにね）と口止めする。「誰にも言うなよ」というわけで、嫌らしいことこの上ない。

可哀想なのは玉鬘です。

その時、彼女は二十二歳になっていたものの、世間知らずなために、これ以上の男女の行為があるとも知らず、「思いも寄らない関係になってしまった」とショックを受けるんです。これをセックスだと思ってしまったんですね。

それもそのはず、のちに源氏の息子の夕霧が、たまたま玉鬘と源氏が一緒にいるところを覗《のぞ》き見た際、「親子といっても、こんなにふところに抱かれるくらい、くっついていい年でもないだろうに」と驚くくらい、源氏は玉鬘に密着していました。玉鬘のほうは、源氏に抱き寄せられた時はさすがにおびえた様子ながらも、そのあとはとてもなごやかな態度で男に寄りかかっている。それを見た夕霧は、「これはよほど親密な関係なのだ……」と感じます。（「野分」巻）この時点で、源氏が玉鬘にセクハラを仕掛けることは「常態」になっていたのです。

幸い、源氏は最後の一線を越えることはせず、本格的なセックスをするのは「玉鬘が結婚してからにしよう」と考えていたんですから、それもどうだか……ってな話ですよ。

「夫がいても、セックスを知ってからのほうが〝いとほしき思ひ〟（可哀想だと思う気持ち）も感じずに済む」（「常夏」巻）というんですから。

しかし玉鬘は、冷泉《れいぜい》帝に入内《じゅだい》寸前に、実父の内大臣の助けもあって、髭黒に犯される形でその妻に収まったことは、『源氏物語』の処女の項でも触れました（→第三章3話）。

そして、玉鬘が源氏の実子でなかったと知ると、世間は皆、源氏が玉鬘とセックスしていたと考えた。

それだけ源氏が好色だからというのもあるでし

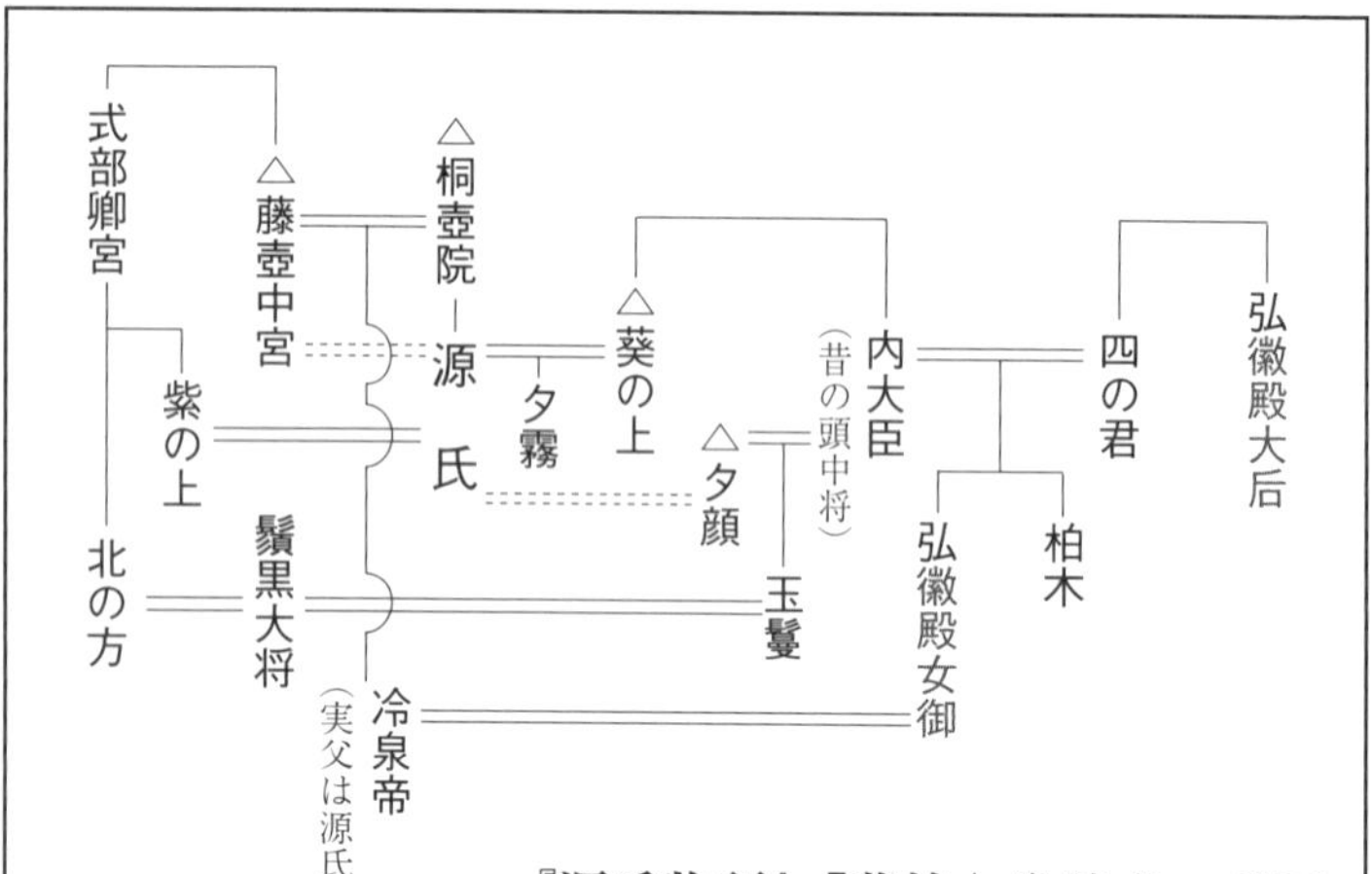

『源氏物語』「藤袴」巻時点の系図

△は故人　══は結婚関係　┅┅は性関係

ょうが、それ以上に養父や継父によるセクハラってよほど多かったんでしょうね。

物語にも、継父が継娘に恋するといった設定は多く、『源氏物語』の「紅梅」巻でも、再婚同士の貴族が継娘に好色心を抱いて、しきりに、〝御容貌《かたち》を見ばや〟と思っている。

貴婦人が親兄弟以外の男には顔を見せない当時、「顔を見たい」ってことは「セックスしたい」ってことですから。

好きな女がいて、同居するなり結婚するなりして、そこに、好きな女によく似た、それより若い女がいたら、心惹かれてしまうものなんでしょうか。しかしそこで手を出したらサイテーですよね。

『源氏物語』や『有明けの別れ』では、そんな養父のサイテーぶりが、余すところなく描かれているところが救いです。

これが江戸時代になると、同じ継娘が犯される話でも、娘が悪者になってしまうんですから（→第五章12話）。それもこれも父系の血筋が尊重され、女の地位が低下したからでしょう。悪いのは男のほうなのに、男は無傷で、母娘が憎しみ合うという、そんな設定を作り受け入れていた江戸時代の社会構造が、私にはホラーです。

6『源氏物語』はホラーである——空前の不気味キャラ薫の「歪んだ」愛　『源氏物語』

五十七、八で十九、二十歳の若者とセックスする好色キャリアウーマン、源典侍《げんのないしのすけ》。
美人で教養もあり資産家なのに、男に疎《うと》まれる年上のイタい女、六条御息所《ろくじょうのみやすどころ》。

ブスで貧乏、気配りもゼロ、「何の取り柄もない」と源氏に呆れられながら、妻の一人に収まる落ちぶれブスの末摘花《すえつむはな》。

『源氏物語』が生んだ特異なキャラクターは数あれど、物語最後の男主人公の薫ほど、妙なキャラクターはいないのではないか。

どこが妙って、薫は好きな女とはセックスできない男だからです。

最も好きな大君《おおいぎみ》とは、寝所に押し入ってもセックスできない。

その妹の中の君とも、やはり寝所に押し入ってもセックスできない。

また、憧れの女一の宮のことも垣間見るだけでセックスできない。

今でいう「草食男子」の走りのような男で、こんな男、『源氏物語』以外の物語はもちろん、『源氏物語』にもかつて存在しませんでした。

一見、女に執着がない、性に無頓着に見える薫の本性は、しかし、かつての登場人物にはない、奇妙なものでした。

品と教養のある人柄に惹かれていたのに、一晩共に過ごしても何もできなかった大君が死ぬと、灯火を掲げ、その可憐な死に顔を見ながら、

「このまま、虫の抜け殻のようにして、ずっと見続けることができればいいのに」（〝かくながら、虫の殻《から》のやうにても見るわざならましかば〟）（「総角《あげまき》」巻）

と思う。

心も魂もない亡骸を、虫の抜け殻みたいに持っていたいというのです。

常に生きる空しさを感じ、

「私は好色めいた気持ちなどはない男だ」（〝我はすきずきしき心などなき人ぞ〟）（「橋姫」巻）

というのが口癖の薫の、恐ろしいまでの執着心が、こぼれ見えるではありませんか。

執着心と言えば、亡き大君を慕う薫は、その妹の中の君にこんな奇妙なことも言っています。

「亡き人に似た人形を作るなり、絵に描き写すなりして、勤行したいと思うようになりました」（〝昔おぼゆる人形《ひとがた》をも作り、絵にも描《か》きとりて、行ひはべらむとなん思ひたまへなりにたる〟）（「宿木《やどりぎ》」巻）

これまた、「死骸を虫の抜け殻のようにして持っていたい」という彼の思い以上に不気味な発想です。

『源氏物語』、六条御息所の生霊だの死霊だのと、それまでもホラーなところがありましたが、

宇治十帖にきて完璧ホラーになった感じ。

実は、『源氏物語』を一種の「怪談」ととらえる研究者もいて、梅山秀幸によれば、宇治十帖の舞台である宇治は、全域が宇治稚郎子《うじのわきいらつこ》（表記は梅山氏の著書による）の墓といいます。宇治稚郎子は父応神《おうじん》天皇によって皇太子に指名された人物で、当時としては珍しく儒教を学び、兄（のちの仁徳天皇）と皇位を譲り合い、自殺した悲劇の皇子です。平安中期の『延喜式《えんぎしき》』によれば彼の墓は東西十二町、南北十二町（一町は約百九メートル）という広大さで、梅山氏によれば、宇治の朝日山全体が墓域に相当する。

「『源氏物語』は『延喜式』で墓場と定められた空間でくり広げられる」（『後宮の物語』）わけで、「怪談めいている」というのです。

梅山氏に激しく同感です。

宇治十帖には、不気味なことが多すぎる。

薫といい、〝人形〟を死者の身代わりにしようという発想といい、のちには得体の知れない法師の霊が現れたり（彼が大君を死なせ、浮舟を自殺未遂に追い込んだという設定）……。

話を戻すと、亡き大君そっくりの生き人形を作りたいという薫のことばを聞いた中の君は、

「川に流す〝人形〟が連想されて、姉上が可哀想ですわ」

と、人の形をかたどった〝人形〟に、人の災いをのせて川に流す〝人形〟を重ねながら、

「〝人形〟ということばで、ほんとに妙な、ふだんなら思い出しそうにないことを思い出しました」

と、異母妹の浮舟のことを薫に教えます。

実は薫は、大君の面影を宿す中の君に執着し、中の君が匂宮と結婚した後は実家代わりに経済的な世話をしつつも（平安貴族社会では新婚家庭の経済は妻側が担うのが普通ですが、貧しい宮家出身で、父も姉も亡くした中の君には父と親交のあった薫以外に頼る者がなかったのです）、隙があると恋情を訴えていました。

彼のそうした気持ちを中の君は「なんとかなくさせて無難な関係でいたい」と思っていた。そこで、今まで親しいつきあいもなかった異母妹に薫を押しつけつつ、経済的援助などは従来通り得たいと考えたのかもしれません。中の君は、自分にとって災厄である薫の思いを、〝人形〟である浮舟にのせて、払い捨てようとしたのでしょう。「私よりその人のほうが亡き姉に似ている」と言いだします。

そんな中の君の思惑通り、浮舟に興味を抱いた薫でしたが、自分からアプローチすることはなかなかありませんでした。

浮舟は、大君や中の君と同じ八の宮の血を引くとはいえ、その母は八の宮家に仕える女房（といっても、大君や中の君の母である亡き北の方の姪なので、血筋的には近いのですが）。しかも八の宮は、彼女を愛人と認めることもなければ、生まれた浮舟の認知もしなかった。

居づらくなった母は、のちに受領の妻となったため、世間的には浮舟は受領の継子です。

その身分を薫は侮って、「そんな女に夢中になっていると思われたくない」と、世間体を考えたのです。

自分の出生に自信のない薫は、「自分が何を欲するか」より「人にどう見られるか」を優先します。

それでも、八の宮家に仕える女房だった老女を介して、浮舟に近づいた薫は、出会ったその日に関係を持ちます。

好きな大君とは出会って三年経っても何もできなかった彼が、「好きな大君の身代わり」として見下すことのできる相手、身分の劣る相手に対しては、欲望をぶつけることができたのです。

出会ったその日にあっけなく浮舟を犯した薫は、そのまま彼女を、亡き大君が住んでいた宇治の屋敷跡に連れ出します。これには、薫と浮舟の仲介役となった老女をはじめ、誰も彼もが〝あやしう、あへなきこと〟（異常であっけないこと）に思った、と、『源氏物語』の語り手は言います。

そのくらい、浮舟相手の薫の行動は、それまでの、大君や中の君といった八の宮家の姫に対するものとは違っていた。

薫は相手の浮舟に「どこに行く」とも知らせずに京を出発したので、「近くに行くのか」と思っていたら、賀茂の河原も過ぎて、すっかり夜も明け、宇治へ辿り着いたのです。

その間、浮舟は不安で胸がいっぱいだったでしょうに、そうした彼女の心に薫はみじんも思いを馳せません。

ただおっとり恥ずかしそうにしている彼女を「手応えがない」と思いながらも、

「田舎びた洒落《しゃれ》っ気があって、品がなく、はしゃいだような女なら、〝形代《かたしろ》不用〟というものだ

ろう」（「東屋《あずまや》」巻）

と思う。〝形代〟とは魂を依《よ》りつかせる人形などのことで、浮舟を完全に「大君の魂を依りつかせる人形」と見なしている。洒落っ気のある女だとしたら、「人形として役立たずだ」というのです。

浮舟を人間ではなく、〝人形〟と見なす薫は、リカちゃん人形をリカちゃんハウスに置いて遊ぶ子供さながら、浮舟を亡き大君に見立てて、大君ハウスごっこをしようと考えているのですから、人を人間扱いしない身分制というのは恐ろしいものです。

薫が、女を人間扱いしないのは、受領の継子と見下す浮舟に限ったことではありません。妻である女二の宮のことも、彼は、好きな女一の宮の身代わり人形のように扱います。

匂宮との密通が薫にばれて、浮舟が自殺（実は未遂なのですが）したあと、偶然、女一の宮を垣間見る機会を得た薫は、妻の女二の宮に、女一の宮そっくりの格好をさせます。

「暑いなぁ。もっと薄いお召し物を着なさいよ」

と、わざわざ女一の宮が着ていたような薄物を女房に縫わせ、それを妻が着ないでいると、手ずから着せてやり、氷を取り寄せ、女房たちに割らせ、一つ妻に持たせます。

女一の宮を見た時とまったく同じ場面を再現したのです。そして、

「昨日もこうしてあの女たちの中に混じることができたらなぁ。思う存分、女一の宮を拝見したかった」

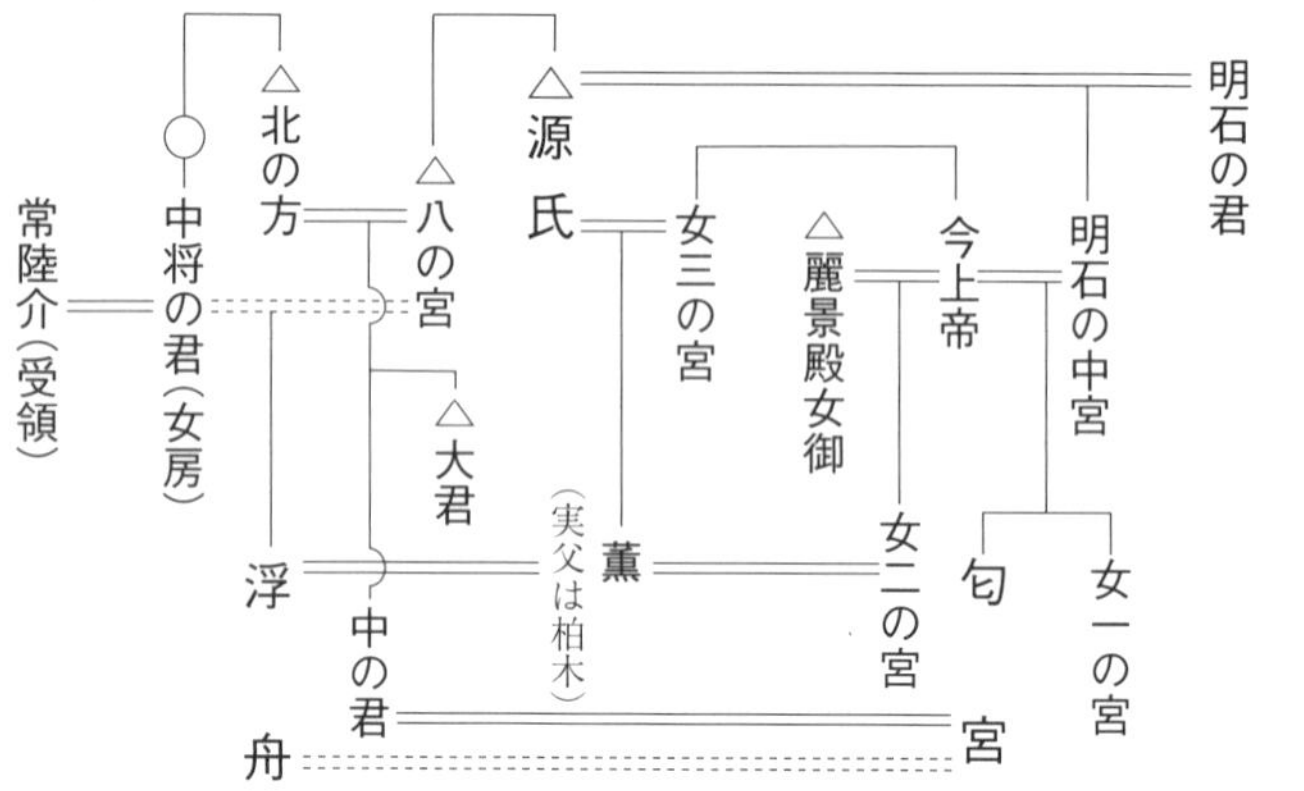

『源氏物語』「蜻蛉」巻時点の系図

△は故人　══は結婚関係　‥‥は性関係

などと考え、女一の宮の手紙ほしさに、異母姉であり、女一の宮の母でもある明石の中宮に、

「妻が自分と結婚して臣下になったせいで、女一の宮からお手紙が頂けないとすねている」

と嘘をついて、女一の宮の手紙を手に入れます（「蜻蛉《かげろふ》」巻）。

女一の宮の筆跡が見たければ、自分で手紙を書けばいいのに、彼は妻を利用する。

好きな女と向き合う勇気がないし、女に執着していると人に思われたくないのです。

浮舟が大君の異母妹であったように、女二の宮も女一の宮の異母妹。

天皇妃は上から中宮（皇后）、女御、更衣というランクがありますが、女二の宮の母が女御であったのに対し、女一の宮の母は中宮でした。

薫は女二の宮との結婚が決まった時、

「これが〝后腹《きさきばら》〟でいらしたら」（「宿木」巻）

と感じていた。

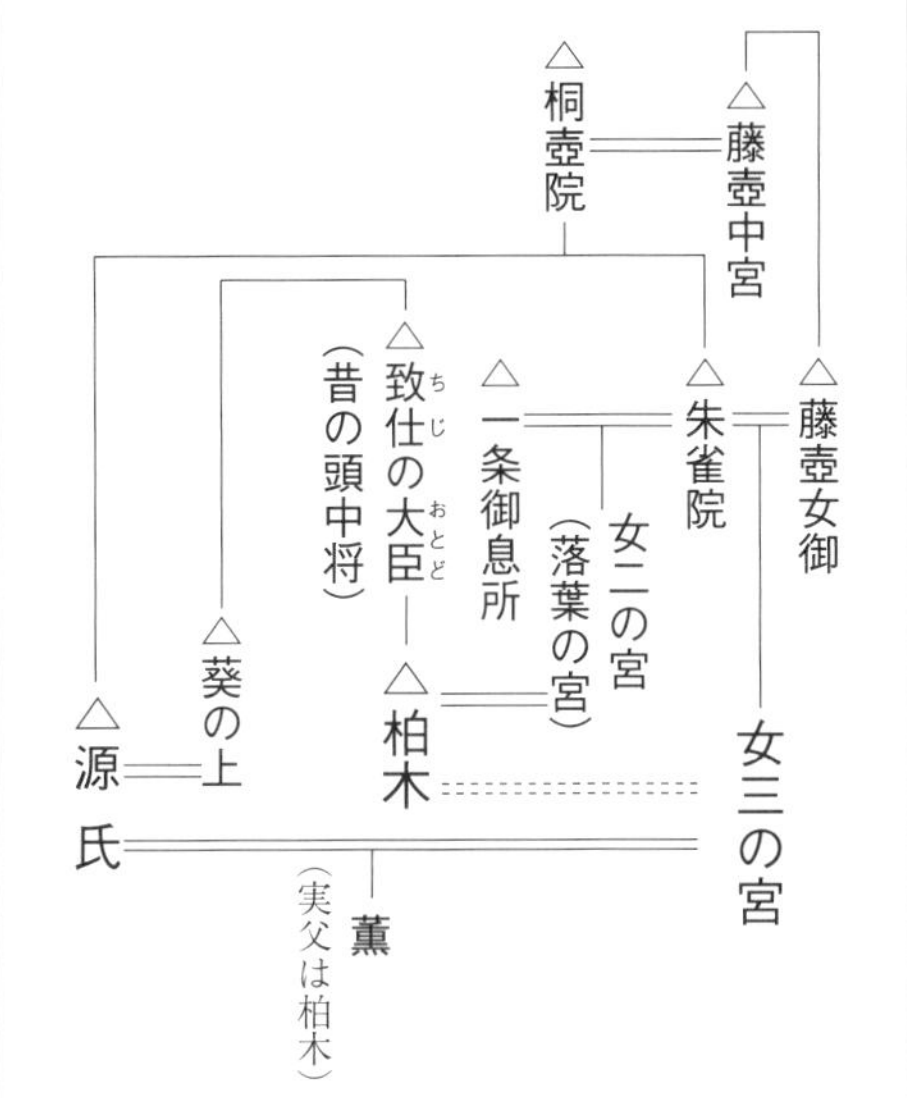

『源氏物語』「宿木」巻時点の系図

△は故人　══は結婚関係　┅┅は性関係

「これが、中宮がお生みになった女一の宮だったらなぁ」

と思ったのです。

薫の実父の柏木もまた朱雀院の女二の宮を妻に迎えた時、下臈《げろう》の更衣の生んだ彼女を〃落葉〃と侮り、

「あと少し自分の運勢が足りなかったばかりに」（「若菜 下」巻）

と、女御の生んだ女三の宮と結婚できなかったことを嘆いたものです。それで女三の宮を犯したわけですが、少しでも血筋のいい女を欲する薫の思考回路には、柏木のDNAを感じます。

そういえば柏木も、「東宮に差し上げるから」と、東宮の猫好きを利用して、好きな女三の宮の飼い猫を自分のものにしたものです。そして、

〃ねうねう〃

という猫の鳴き声を、

「寝よう寝よう」

と解釈し、「えらく積極的だなぁ」などと悦に入っていた。女三の宮の身代わりに猫を愛撫していたわけで、「歪んだ」と形容したくなるような薫の愛のルーツがここにあるという気がします。

7 「身代わり女」と「不倫」の関係　『源氏物語』

『源氏物語』をはじめて読んだ時、感じた疑問は、
「なんでこんなに男たちは身代わりの女を求めるんだ？」
「似ているからって満足できるのか？」
というものです。

三歳で母桐壺更衣を亡くした主人公の源氏は、母の面影を宿す藤壺中宮（当時は女御）を犯すんですが、藤壺は、源氏の父桐壺帝の愛妃。桐壺更衣を忘れかねる桐壺帝の、たっての願いで入《じゅ》内《だい》することになった女です。

この、男が女を忘れかね、女によく似た「身代わりの女」を手に入れるという設定は『源氏物語』の大きな特徴で、桐壺帝が亡き桐壺更衣の代わりに入内させたのが藤壺なら、源氏が藤壺の代わりに妻にしたのが紫の上と女三の宮。共に藤壺の姪で、このうち女三の宮は、源氏の息子夕霧の親友柏木に犯されて不義の子薫を生む。つまり源氏に犯されて不義の子冷泉《れいぜい》帝を生んだ藤壺と似た運命を辿ります。

さらにこの不義の子薫は、亡き大君《おおいぎみ》を忘れかね、その異母妹の浮舟をはっきり〝形代《かたしろ》〟（身代

わり）と意識し、〝人形《ひとがた》〟と呼んで手に入れるんですが、この浮舟も薫の親友匂宮に犯され、薫を裏切ることになる。

『源氏物語』は、男が「最愛の女」の代わりに、「身代わり」として別の女のカラダを貪るってのを打ち出した日本初、もしかしたら世界初の作品かもしれない。

なんでこんなに身代わりがたくさん出てくるのか？と考えた時、紫の上以外の「身代わり」たちが皆、「不倫」をしていることに気づきます。

そして不倫こそ、恋愛絵巻と言われる『源氏物語』の「性愛」の骨子であることに気づく。

『源氏物語』を貫く性愛の最たるものは不倫です。

源氏と父帝の愛妃藤壺とのセックス、柏木と源氏の晩年の正妻女三の宮とのセックス、匂宮と薫の愛人浮舟とのセックス……『源氏物語』の中でもハイライトと言える性愛の多くが「不倫」であり、誰かの「身代わり」として男の手元に置かれた女たちによってなされている。

「なされている」といっても、最初は例外なく男側に犯される形なのですが、藤壺→女三の宮→浮舟、と、物語が進むにつれて、もとの男（配偶者やパトロン）がいかに女に冷淡にしていたかが強調されて、「不倫やむなし」の空気が強まっていく。

藤壺の時は、夫の桐壺帝はすごーく彼女を愛していたという設定なのに、女三の宮になると、夫の源氏は未熟な彼女を形ばかりしか大事にしていなかったという設定になり、浮舟に至るや、愛人の薫は彼女の生まれ育ちを侮ったり、しばらく放置したり……と、まったく大事にしている風情がない。

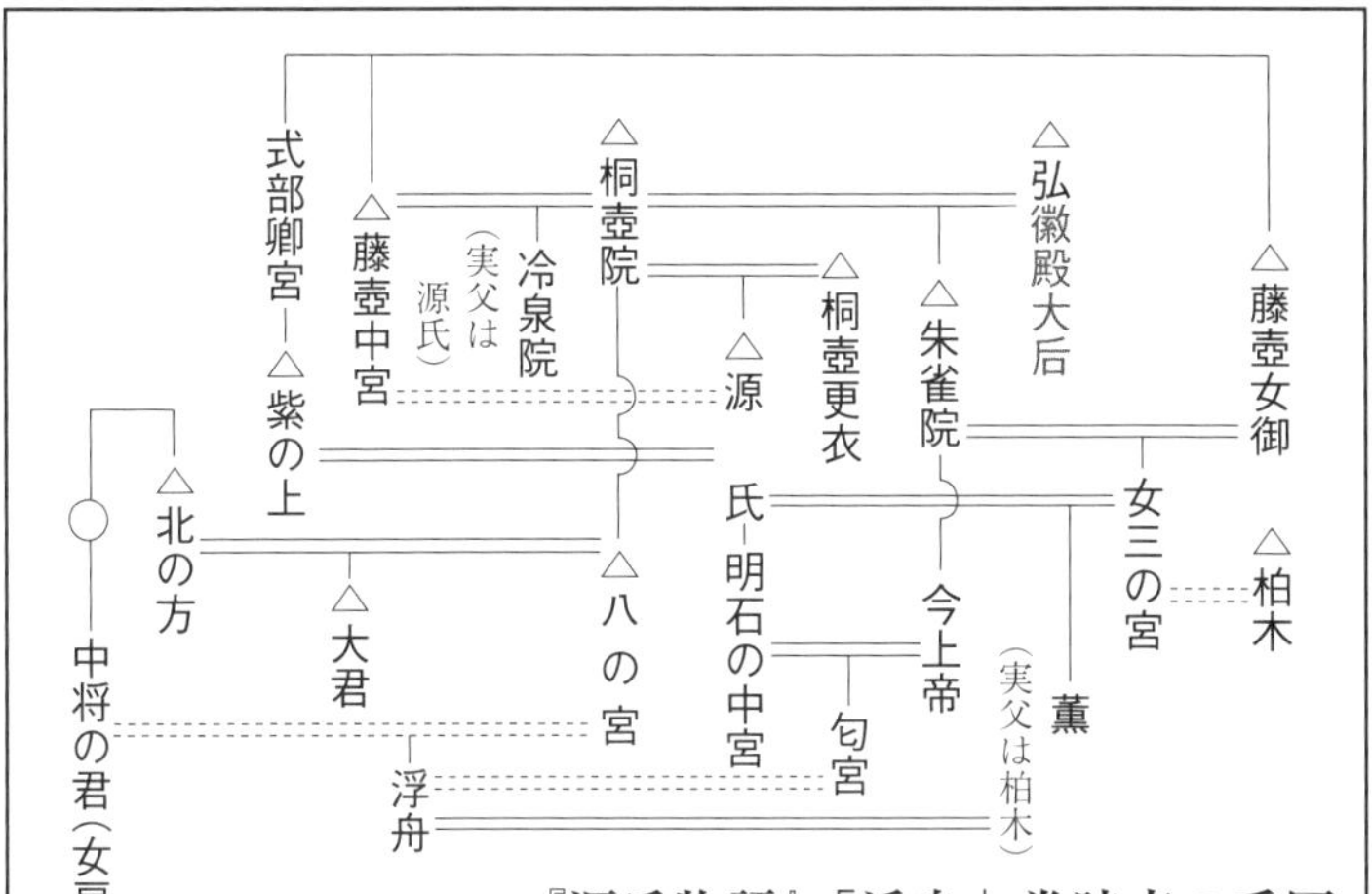

『源氏物語』「浮舟」巻時点の系図

△は故人　══は結婚関係　┅┅は性関係

しかも女側の気持ちとしても、最後の浮舟に至ると、女のほうも不倫相手（匂宮）を好きになっていく様子がはっきり描かれるんですね～。

女を「本当に好きな、手に入らない誰かの身代わり」としてモノ扱いする男に、『源氏物語』の女は「ほかの男と寝たり、ほかの男の子を生む」という逆襲をしている形なんです。

それによって作者は何を言いたいのか、「紫式部のメッセージは何か」と考えるに、「人は変わる」ということと、「誰もが代替可能で、かけがえのない人なんていない」という、ぞっとするような真実なのではないか。

桐壺更衣の死をあれほど嘆き悲しんだ桐壺帝にしてからが、藤壺を得ると、

「悲しみが紛れるというわけではないけれど、しぜんとお気持ちが〝うつろひて〟、格段に心が慰められるようなのも、〝あはれなるわざ〟（しみじみと胸に迫ること）なのでした」

と、紫式部は最初の「桐壺」巻で言っていた。それは思うに、

「どんなに優秀な人間であっても、その代わりはいる」

「かけがえのない人間なんて実はいない」

という、紫式部の思いの表れなのではないか。

そしてそのことを深め、確かめて、ならばどうしたら？を考えるため『源氏物語』は書かれたんじゃないか。

どんなに大事な人でも代わりはいるということを浮き彫りにしてくれるのが「身代わりの女」なら、性愛において妻や夫の代わりはいくらでもいることを浮き彫りにしてくれるのが「不倫」です。

どれほど愛した人との別れでもいつしか悲しみはやわらぎ、どんなに激しく愛し合ってもやがては別の人に思いが移る。

だからこそ、人は生きていける……。

人の性や情けや営みも、移ろう自然のようにはかなくていながら、しおれてはまた芽吹く自然のようにしぶとい。

ぞっとするほどもの悲しい無常観の中にも、たくましい生命力を感じさせる『源氏物語』は、性愛小説、政治小説、経済小説、モデル小説、実用書……と、あらゆる読みをゆるしながら、文学史上、代替不能な物語として生き続けるのです。

第四章　仏の道もちんまん　ゆるい日本仏教のセックス観

1 女を男にする方法 『昨日は今日の物語』

元プロボクサーが、妻の勤める弁護士事務所の弁護士を殴ってもうろうとさせた上、ちんを切ってトイレに流した事件がありました。容疑者は妻と弁護士の関係に不満を持っていたと言いますが、どんな不満があろうとも、ちんを切るとはとんでもない話です。ネットではボクサーへの同情論もありましたが、これが平安時代ならこのボクサーに同情する人は皆無でしょう。浮気されたほうに問題があるというのが平安貴族の考え方ですから。

ところが父権の強い武士の時代になると、がぜん人妻不倫に厳しくなってくる。

戦国時代には「妻敵討《めがたきうち》」といって、夫は妻の不倫相手を殺しても罪を問われぬようになりました。

『昨日は今日の物語』(『きのふはけふの物語』)は、そんな戦国時代の図太い笑いを集めたもので、そこにはこんな話があります。

妻に浮気されていた男が、周りに、「お前はマヌケだ。出かけるふりをして、隠れて現場を押さえ、殺してしまえ」だの「叩け」だの、けしかけられた。

そこで男が二階(文脈からして今の天井裏に近いものか)に隠れて待っていると、案の定、妻の

〝間男《まをとこ》〟（浮気相手）が来て、さんざんいちゃついたあげく、妻が間男に、

「心底好きなら〝前〟を舐《な》めるものなのに、あなたはあたしのことをさほど好きではないのね」

と言う。愛の証しにまんを舐めろというのです。間男は、

「命をかけてこうして来ているのにお疑いになるとは」

と言って舐めようとしたものの、あまりの〝臭さに〟鼻でなでて済ました。妻は気づいて、

「今のは鼻よ」「いや、舌だ」と言い争っている。

それを節穴から見ていた男は、「どちらの味方でもないが、今のは鼻だ」と言った、と。

周囲の「殺せ」「叩け」の声に比べ、この夫のなんとのんびりしたことか。このあとどうなったかは語られないので分からぬものの、気の強そうな妻に丸め込まれておしまいになったのではないでしょうか。


『昨日は今日の物語』にはこんな話もあります。

ある金持ちが娘を二人持っていた。姉は十八、妹は十五。満年齢なら高二と中二の娘盛りといったところ。この家の祈禱《きとう》を引き受けている坊主は比叡山のお偉いさんでしたが、この坊主に、ある日、金持ちが言うには、

「私は何の悩みもないが、息子がいないのが何よりつらい。お坊様のご祈禱の力で、あの娘どもを男子に変えることはできまいか」

できるわけないじゃん！と、まともな人なら答えるはず。ところが坊主は言った。

「たやすいことです。法華経にも変成男子《へんじょうなんし》の法というのがございます。お嬢様二人とも、私の坊までお寄越し下さい。どちらなりとも素質のあるほうを男にして差し上げましょう」

法華経では、女は男より罪深いため成仏しにくいとされ、宝珠を釈迦に献納することで男性器が生じ、成仏した賢い龍王の娘の話が語られている。それを坊主は引き合いに出したのです。

こうして送り込まれた娘二人を、坊主は思う存分犯したあげく、飽きると、

「どう祈っても男にはなりませんでした。あなたの運命と思いなされ」

と言って帰した。

金持ちが、

「お坊様はどんなふうに祈ったのかい？　それほど熱心に祈らなかったのか」

下の娘に聞くと、

「お坊様も一生懸命精を出して、夜も昼も〝しじ〟を植えたんだけど、根づかなかったの」

すると上の娘が、

「根づかないのも当然よ。逆さに植えてるんだもの」

〝しじ〟とは男性器の幼児語。つまり、おちんちんです。なんと坊さん、娘たちには「ちんを植える」という名目で、自分のちんを娘たちの性器に入れていたのです。

親も馬鹿なら娘も馬鹿とはいえ、今ならひどい犯罪です。それが「笑い話」にされちゃう昔の感覚が怖い。笑いと恐怖は紙一重とは言いますが、むしろ怪談話じゃないですか、これ。

2 権力者は親も子も総嘗め

『醒睡笑』『とはずがたり』『富家語』

殺伐《さつばつ》とした戦乱の世には笑いが求められるのでしょう。戦国時代には笑い話が流行し、戦国武将は「御伽衆《おとぎしゅう》」と呼ばれる話上手な家来を戦場に伴っていました。

そんな戦国の笑い話集の一つ『醒睡笑《せいすいしょう》』にはこんな話がある。ある客が山寺に泊まったところ、〝こきん〟と呼ばれる美少年がいた。いわゆるお稚児さんで、仏教では女とセックスするのはNGですから、日本の寺では女の代わりに少年を置き、セックス相手にしていたのです。客もそれは承知で、

「古今とは珍しい呼び名だ。古《いにしえ》も今も〝若衆道〟（男色の道）にこんな美少年は二人といないという意味かな」

と、寺の主人である坊主にいわれを尋ねる。ところが坊主は隠して教えてくれない。そうなるとますます知りたくなって、しつこく問いつめたところ、坊主は小声で言った。

「あの子の親はとんでもない〝大きん〟でしたが、あれはうって変わって〝きん〟が小さいので、〝小きん〟とつけたのでございます」

〝きん〟＝金玉。なんと〝こきん〟とは小金玉という意味だったのだ。しかもそれは、その子の

親が「とんでもない大金玉」だったということに対してつけられた呼び名。つまりこの坊主は父と息子の両方と男色関係にあったのです。

昔の日本では、母と娘の両方と関係があるというのはありがちで、平安中期、花山《かざん》法皇が出家の身で、母娘をほぼ同時に妊娠させたのも有名な話（『栄花物語』巻第四）。

鎌倉時代の後深草《ごふかくさ》院も、『とはずがたり』の作者の二条とその母親との両方とセックスしています。

院の愛人でありながら、院の異母弟（しかも坊さん）ともセックスしたことを告白した二条に、院は、「全然オッケーだよ。むしろ彼の性欲を満たしてやってよ」と言う。なんでそんなあっさりと……と、院の愛の薄さにかえってつらい気持ちになっていた二条に、院はこう言ったのです。

「私の〝新枕《にひまくら》〟（初セックス）はそなたの亡き母に習ったんだよ。それで人知れず彼女を慕っていたんだが、なにしろまだ私は子供だったから一人前じゃない気がして遠慮していたんだ。そのうち、そなたの母は（藤原）冬忠や（源）雅忠といった男たちにモノにされてしまったから、私はぶざまにその隙を狙う有様だった。そんなわけで、そなたのことは〝腹の中〟にある時から狙っていたのさ。まだ赤ん坊の頃から、世話をしていじくり回していたんだよ」（巻二）

なんと院は、二条の母恋しさに、その子がお腹にいる頃から愛人にしようと手ぐすね引いていたというんです。現代人ならおぞましくも思うでしょうが、それを聞いた二条は〝あはれ〟に思う。しみじみとした感慨を覚え、愛を感じているんです（そんな彼女は最愛の恋人もいるし、ほ

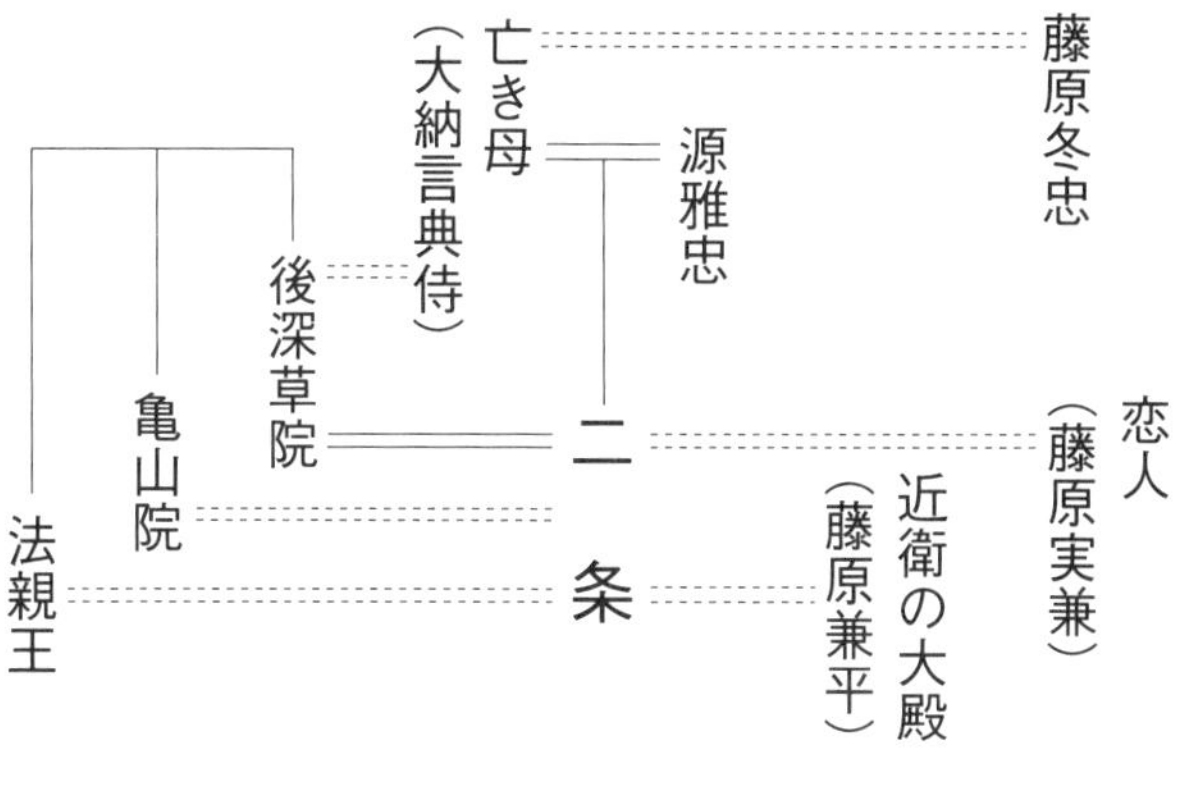

『とはずがたり』系図　——は結婚関係　┅┅は性関係

かにもセックスした男はいるんですが）。

しかしそもそも、お腹にいるころって男か女か分からないじゃないか！と思うんですが、当時の上流階級はいわゆる「両刀」が多いので、好きな女の子供ならどっちでもよかったのかもしれません。『源氏物語』の主人公の源氏も、空蝉《うつせみ》とその継娘の軒端荻《のきばのおぎ》、さらにその弟の小君とまで寝ていますから。

とはいえ、そんなやりたい放題の大貴族でも、父と息子を両方犯すという〝こきん〟のような話はあまりない。あまりないけど、あるにはあって、平安末期の関白藤原忠実の言談を記録した『富家《ふけ》語《ご》』によると、

「死んだ信雅《のぶまさ》は顔は美しかったが、〝後《うしろ》〟（尻）はすこぶる劣っていた。その息子の成雅《なりまさ》は顔は劣っていたが、〝後〟が父にまさっていた。だから凄く可愛がっていたんだよ」

と言っていた。

忠実はもちろん妻子持ちですが、男どうしのセックスで結束を強めていたのです。ちなみにこの忠実の息子の頼長は悪左府と呼ばれる人で、これまた複数の男たちと男色関係にあったことで有名です（五味文彦『院政期社会の研究』など）。

3　エログロな実例集で因果応報を説く『日本霊異記』

日本人は無宗教とよく言われます。が、嬉しいことがあると「日ごろの行いがいいからね〜」と言ったり、後ろめたいことをすると「バチが当たるのでは」と感じたことはないでしょうか。それって原因があるから結果があるという仏教の因果応報思想です。

この「いいことをすればいいことが、悪いことをすると悪いことが起きる」という仏教思想を、最初に日本人に分かりやすく教えてくれたのが日本最古の仏教説話集『日本霊異記《にほんりょういき》』です。

著者の景戒《きょうかい》によれば、『日本霊異記』が書かれた八世紀末から九世紀初頭の人々は「得することばかり考え、人の物をほしがり、自分の物は惜しむ」という、サイテーなモラルに落ちていました。「なぜこんなにも」と考えた景戒は、悪いことをしたら必ず悪いことが起きるという「因果応報」の原理を日本人が分かっていないからだと思い至ります。悪いことをしても、それが自分に返ってくるという発想がないから、平気で悪いことをする。そんな彼らに因果応報の実例を示すと、景戒曰く、

「人々はたちまち驚き不思議がり、人目もはばからず動転する」（上巻）

悪いことをすると悪いことが起きるの？　そりゃ大変だとおびえたわけです。

悪い心を正し、行いを改めさせるには、因果応報の実例を示すしかない。が、中国の実例集はあっても、日本で起きた事件の実例集はない。よし、この景戒が自国の〝奇事〟を伝えよう、というので出来たのが本書なのですが。

その実例というのが見事にちんまんだらけなんです。

男が仏像に恋し、「似た女を下さい」と毎日寺で祈っていたところ、仏像とセックスする夢を見て、翌朝、仏像に精液が付いていた、深く信じれば仏は応えてくれると分かった話（中巻）。

吉野山で三年間、仏道修行した男が、「どうか仏様、大金と白米万石と美女をたくさんお恵みください」と祈って叶えられた話（上巻）。

蛇に犯された娘の〝開《つび》〟（まん）にいろんなものを突っこんで、蛇の子を流産させたものの、娘は三年後、またも蛇に犯されて死んだ、その際、娘は、「来世で必ず蛇の妻になります」と言った話（中巻）。

写経中にセックスしようとした男女が、〝まら〟（ちん）を〝くぼ〟（まん）に入れたとたん、頓死した話（下巻）。

〝くぼ〟がなく、尿を出す穴だけがある信心深い女をバカにした僧が仏罰で死ぬ話（下巻）。

……等々と、なぜここまでエログロ？というような実例ばかり。

当時の日本人には馴染みの薄い因果応報思想をとっつきやすいものにするためだったのでしょうが、要するに日本人に受ける話を考えたら、エログロに行きついたんですね。プラス現世利益。日本人を釣るには「色と欲」と判断したのでしょう。景戒自身の趣味もあったのかもですが。

極めつけは、我が子の〝まら〟を口で吸った母が、生まれ変わってその子の妻になった話（中巻）。ある女が前世で息子を愛するあまり、その子の〝まら〟を吸っていた。三年後、彼女は危篤になるのですが、臨終に子を撫で、〝まら〟を吸いながら、

「私はこれから次々と生まれ変わって、常にこの子と夫婦になろう」

と言うんですから、ぞっとするではありませんか。そのことば通り、彼女は隣家の娘に生まれ変わって、自分の息子の妻となり、やがて夫（息子）と死に別れて泣いていた。その泣き声を聞いた仏が、彼女の前世を悟って嘆いた、と。

要するに仏は、夫と死別した女の泣き声を聞いて、その女の過去世を瞬時に透視したという話なんですが……女はただ夫の死を嘆いていただけで、全部、仏の妄想じゃないのか？　女が前世で息子のちんを吸ってたというエピソードも含め……そんな疑念を抱くのは私だけでしょうか。

全編こんな調子、突っ込み所＆ちんまん満載。

これを読んだ当時の日本人が「悪いことはするもんじゃないな」と思ったかどうかは分かりませんが、仏教に興味を持ったことは確かでしょう。

何かをアピールするにはストーリー、それもエログロなストーリーが効果的という、広告宣伝の見地からしても学ぶべきものがありそうです。

4 地獄はエログロの宝庫『往生要集』

悪いことをすると地獄に堕ちて舌を抜かれるとか釜で煮られると聞いたことはありませんか。そのイメージは平安時代の『往生要集《おうじょうようしゅう》』によって作られました。『往生要集』とは読んで字の如く、「極楽往生するための要《かなめ》を集めた」ハウツー本。天、人《にん》、修羅、畜生、餓鬼、地獄の六道がいかに苦しいか、そこから解脱《げだつ》して極楽浄土にいかに往生するかの方法が説かれています。

この地獄がエログロの宝庫なんですよ！

まず一番目の等活《とうかつ》地獄に付属する〝屎泥処《しでいしょ》〟。ここには〝極熱の屎《くそ》〟がどろどろに満ちている。で、その味は〝最も苦し〟。最高に苦いウンコ地獄というんです。罪人はこの中に入れられて〝熱屎《ねつぐそ》〟を食わせられながら、〝金剛〟＝ダイヤモンド並みに堅いくちばしの鳥に皮膚や肉を食われます。

「昔、鹿を殺し鳥を殺した者がこの中に堕ちる」

と、現代人から見れば罪状は軽めですが、仏教では殺生の罪が重いから、こんな目に遭うんでしょう。

八大地獄で一番罪が軽い者の堕ちる等活地獄にしてからが、この過酷さです。

エロい地獄もたくさんあって、三番目の衆合《しゅごう》地獄は殺しと盗みと強姦などを犯したサイテーな奴が落ちる地獄なんですが、ここでもさまざまな責め苦を受けた罪人はさらに〝刀葉林〟といって、刀のような葉の木が生えた林に置かれる。その木のてっぺんには着飾った絶世の美女がいるんです。ここに堕ちるのは欲望に弱い性的犯罪者ですから、すぐに喜んで木にのぼるものの、なにしろ葉っぱが刀でできているので、肉や筋を切り裂かれてしまう。やっとの思いで樹上に着くと、美女は今度は木の下に移って、〝欲の媚びたる眼〟（いかにもやらせてくれそうな色っぽい目つき）で罪人を見上げて言うんです。

「あなたが好きだからここに降りてきたのに、あなたはどうして私のもとに来てくださらないの。なぜ私を抱かないの」

美女の誘惑に、罪人は高まる性欲を抑えきれず、再び地に向かうと、〝剃刀《かみそり》〟のような鋭い葉が上を向いて体を切り刻む。ようやく地に降りてみれば、美女はまた樹上に移っていて、体を切り刻まれながら樹上に辿り着くと、美女はまたまた地に降りている……こんなことを〝無量百千億歳〟というあいだ繰り返さなくてはならないんです。

永遠に蛇の生殺し状態。

心理的にもじわじわ来そうなホラーな地獄ではありませんか。

この地獄に付属する〝悪見処《あくけんしょ》〟も心理的ダメージを狙った地獄です。ここは、よその子を無理に犯して泣き叫ばせた者が堕ちる所で、そこでは、自分の子が、鉄の杖や錐《きり》で〝陰中〟（ちんまん）を突き刺されたり、鉄の鉤《かぎ》でちんまんを打たれる様を目の前で見なくてはなりません。それによって〝心の苦〟を味わわされながら、自分は逆さにされて〝熱き銅の汁〟をたっぷり肛門に注がれて内臓を焼かれるという〝身の苦〟を受ける。逆さにされて肛門に熱汁を注がれながら、ちんまんを刺されて泣き叫ぶ我が子を見なきゃいけない。しかも〝無量百千年〟という長いあいだ……。地獄で加えられるのは、身体的苦痛だけじゃないんです。心理的苦痛をも与えることで、徹底的に罪人を懲らしめるんですね。

衆合地獄には、無理やり男を犯した男が堕ちる付属の地獄もあります。そこでは、過去に犯した男が炎の塊となって迫ってきて、抱きつかれることで、罪人のカラダはすべて溶けてしまう。しかししばらくすると蘇り、逃げると険しい崖に堕ち、くちばしが炎の鳥や、口が炎の狐に食われてしまうんです。この狐ってのがちょっと拍子抜けですが、日本最古の仏教説話集の『日本《にほん》霊異記《りょういき》』には、狐は〝来つ寝〟つまり「やって来てセックスする」から「狐」になったという説もあって、性的な動物とされていたんでしょう。

地獄の責め苦と比べると、今の刑罰はいかにも軽いですが、昔もそうだったからこそ、せめて地獄ではうんと懲らしめてやろうという発想もあるのかもしれません。

5　汚辱プレイ(?)あり、サドマゾあり　『今昔物語集』

三蔵法師ってご存知ですか？　インドに渡って貴重なお経を持ち帰った偉いお坊さんで、日本では悟空や猪八戒などのお供を連れた旅で有名です。平安末期の『今昔《こんじゃく》物語集』巻第六によれば、この三蔵法師がお経を得たいきさつがエロい。法師が経を求めて人跡も絶えた深山に分け入ると、物凄い腐臭を放つ者がいて、見れば、死人が行き倒れていた。しかしよく見ると動いている。

離れた山奥で死臭を放つ人間に出会うこと自体、ホラーですが、そんなことに臆する三蔵法師ではありません。

「事情を聞いてみよう」と考えた彼は、その人に近づき、「そなたは何者だ。どういう病気で、ここに臥せっているのか」と問うと、病者が言うには、

「私は〝女人〟です。皮膚病になって、首から足の裏までびっしり体がただれて、臭くて我慢できないほどになってしまいました。それで両親にも見捨てられ、こうして深山に捨てられたのです。でもまだ寿命が尽きず、死ねずにいるのです」

なんと死人だと思った人は生きていたばかりか、女でした。ひどい皮膚病のせいで男だか女だ

か分からぬ状態になっていたのです。物語はミステリーホラーの様相を呈してきますが、三蔵法師はさすがに心根が優しい。

この、どこの誰とも知らぬ瀕死の女人に深く同情し、

「そなたは家にいる時にこんな病気になって、治療はしなかったのか」

そう聞くと、女人は言いました。

「家にいる時に治療しようとしたのですが叶いませんでした。ただ、かかっていた医者によれば、首から足の裏に至るまで、膿汁を〝吸ひ舐《な》めれば〟すぐに治るらしいんですが、臭過ぎて近づく人もいないのに、まして吸ったり舐めたりする人などなくて」

哀れんだ法師は意を決し、女の胸のあたりをまず舐めた。

おっぱいから舐めたというんです。

とはいえ、肌は泥のよう。

その臭さといったら、〝大腸《はらわた》〟が引っ繰り返って気絶しそうなほど。けれども慈悲の心で膿汁を吸っては吐き出し、首から腰のあたりまで舐め下ろしたところ、〝舌の跡〟に沿って、でき物だらけの肌が綺麗な肌に生まれ変わり、女は観音様になって、法師にお経を授けたというわけです。

この話は中国の『神僧伝』に基づいているといい（日本古典文学大系『今昔物語集』二 校注）、それを確認したところ、〝女人〟もいなけりゃ、肌を吸い舐める描写もない。でき物だらけの老僧を三蔵法師が拝んだところ、お経を口伝《くでん》してくれたとあるだけです。

もっとも『今昔物語集』の出典は未知数なところも多く、この話にも『神僧伝』以外のエロい出典があるのかもしれません。そもそも陳垣『中国仏教史籍概論』によると『神僧伝』の成立は明《みん》と言い、だとすると『今昔物語集』よりあとの成立で、出典にはなり得ないような……（どなたか、そのあたり御教示頂けると幸いです）。宮田尚によれば、『大唐大慈恩寺三蔵法師伝』がもとになっているというので（「今昔物語集と大唐大慈恩寺三蔵法師伝」）、『大唐大慈恩寺三蔵法師伝』を調べたところ、衣服の汚れた病人に授けられたとあって、エロい要素は皆無です。

仮にほかに出典があったとしても、三蔵法師がお経を得たストーリーとして日本人の選んだのは、女の体中を吸い舐めるという汚辱プレイ（？）のような設定なわけで、ここには日本人の根強いエロ志向がうかがえる。

さすがは神々のセックスで国土が生まれたと主張する国です。

エロくなければ仏の教えも聞きたくないのが日本人というわけなんでしょうが……死臭漂う女人の泥のような肌を吸い舐めるのですから、限りなくホラーに近いエロというか、はっきり言ってエログロです。

『今昔物語集』巻第二十九にはこんな話もある。

男が道を歩いていると、鼠《ねずみ》が鳴くように舌を鳴らして誘う女がいる。見ると二十代の美女なので、当然のようにセックス。その後は、どこからともなく食事が運ばれ、食べてはセックス、セックスしては食べという日が二十日ほど続きます。すっかり女の虜《とりこ》になった男は、「こうなったのも前世からの縁。生きるも死ぬも私の言う通り、拒んだりしませんね」という女のことばに、「生きるも死ぬも、あなたのお心次第」と答えてしまう。すると女は、男を柱に縛りつけ、背中を出させたあげく、自分は男装。その姿で、笞《むち》を持ち、男の背中を八十回打つではありませんか。「どう？」「大したことはない」「思った通りね」ということになって、食事を与えられ介抱され、傷が癒《い》えると、また笞で打たれる……。

そんなことが続いたある日、女に用意された服を着せられ、指示された場所に行ってやらされたのは盗賊の手伝いでした。盗賊の首領は色の白い小柄な男で、男二十人に加え、下っ端二、三十人という大盗賊団を率いていた。

そうして強盗を働いては、帰ると女とセックスという日々を送ること一、二年。ある日、男が出かけた隙に、女は家もろとも消え失せ、残された男は盗みをして捕らえられ、女との一部始終を告白した。しかしこの盗賊団のメンバーがどういう者か、どこから集められたかは一切不明。ただ一度、火影に見た首領の顔が男の顔色とも思えないほど白く美しく、目鼻だちや顔だちが、自分がいつもセックスしていた女に似ているように見えたものの、確かなことは分からない、と話は締めくくられます。

まさに王朝サドマゾミステリー。

ほかにも、「未来永劫《えいごう》、仏を信じません」と誓ってマスターした術で、美人妻をおとりに、妻に近づいてきた男たちのちんを次々と消す夫の話（→第四章6話）など、『今昔物語集』には不思議なエロ話が満載。『源氏物語』の書かざる平安王朝がここにあります。

6 〝閇《まら》〟を消す魔法 『今昔物語集』

『今昔《こんじゃく》物語集』巻第二十には、バカな魔法を習得すべく頑張る男が出てきます。その名は道範《みちのり》。彼が仕事で地方の豪族の家に泊まった夜、寝つけずにうろうろしていると、豪族の妻の部屋に辿り着き、中を覗《のぞ》いてみる。この時点でこいつのしょうもなさが分かりますが、見ると二十歳くらいの美女が寝ている。

道範は、あたりに人もないのをいいことに、そっと女の部屋に入り込みます。

「ここの主人はあんなに親切にもてなしてくれたのに」

と思いつつ。って、良心はある男なんですね。でも性欲には勝てない。

女の隣に寝ると、相手は強く嫌がるそぶりもなく、夏の盛りの薄着も手伝って、容易に肌に触れることができた。

ところが、そのうち〝閇《まら》〟(ちん)がかゆくなってきた。手で探ってみると、毛だけを残してちんがなくなっている。

男にとって、これにまさるホラーはありますまい。

跡形もなくなったちんに道範が焦っていると、女は少しほほ笑んでいます。

そこで親しい召使を呼んで、

「あそこにいい女がいる。私も行った。遠慮はいらぬ。お前も行け」

と行かせたところ、やはり首をかしげて帰ってきます。同じように七、八人の召使を女のもとへ行かせると、皆が皆、同じ様子で帰ってくる。

不気味に思った道範が夜明けと共に豪族の家を出発したところ、後ろから豪族の召使が追って来て、手渡された包みを開くと、

「〝松茸〟を包んだような感じで、男の〝閉〟が九つあった」

包みの中にはなくした九人分のちんが入っているではありませんか。召使たちとそれを見ていると、九つのちんは一度に消え失せ、気づくと体に戻っていました。

なんとこの豪族は、ちんを消す術を心得ていたのです。若いころ、道範と同じように老いた地方豪族の妻を犯そうとして、ちんが消えた。それで老豪族に頼み込んで、ちんを消す術を習ったというのです。

豪族の言葉を聞いた道範はさっそく頼み込んで、ちんを消す術を習うことになります。

「これは容易に習得できる術ではありませぬ。七日間かたく精進して、毎日水を浴び、十分に身を清めてから習うことですぞ」

豪族は厳《おごそ》かに言いますが、目的はちんを消す術の習得ですから。で、精進を終えた道範は、豪族と二人で深夜の深山に入ります。そして、大きな川の流れるほとりに行くと、

「永遠に〝三宝〟を信じません」

という誓いを立てる。三宝とは仏と仏法と僧のこと。真夜中の深山で、大の男が二人、そんな大袈裟《おおげさ》な誓いを立てて、やりたいことが「ちんを消す」なんですから、昔からバカはいたんですね。その後、川上から流れてくる物を抱くよう豪族は指示。やがて川上から大蛇が流れてきますが、道範は怖くなって隠れてしまいました。

続いて猪が突進して来たので、「今度こそ」と道範が抱くと、それは枯れ木でした。

「最初のもこんなものだったのだろう」と悔やむ道範のもとに豪族が来て、

「〝閛〟を消す術はダメになりましたが、ちょっとした物を変える術は習えますよ」

というんで、道範は靴を子犬に変えたり、鯉に変えるといった術を習得、陽成院《ようぜい》にも教えてさしあげた。しかしそのせいか、陽成院はのちに頭がおかしくなった。で、

「仏道を捨て、魔界に赴くような真似は絶対にしてはいけない」

という教訓で話は結ばれるのですが。

これって、「喫煙は、あなたにとって脳卒中の危険性を高めます」とパッケージに書きながらタバコを売るようなものじゃないですか？「絶対に真似をしないでください」と言いつつ、芸人を危険な目にあわせて笑いを取るTV番組みたいというか……仏教に絡めてはいるけど、ちんを消すという、おかしな話をしたかっただけとしか思えません。

それにつけても道範は「〝閛〟を消す術が習えなかったのを残念がった」って、そんなに人のちんを消したいか。そんな魔法があったらあなたは習いたいですか？

7 〝玉茎〟(ちん)を切り捨てたと称する坊さん 『宇治拾遺物語』

私がこんなに古典好きになった原点は鎌倉初期の『宇治拾遺物語《うじしゅうい》』です。

はじめて原文で読んだ中学生のころ、

「古典文学ってこんなにエロいのか!」

と本当にショックを受けました(もちろん嬉しいショックで、その後、『源氏物語』といい『古事記』といい、古典文学のほとんどが性愛話であり、昔の日本人は性愛を非常に重要視していたことを知るわけですが)。

巻第一の一話目から〝色に耽《ふけ》りたる僧〟とか出てくる。恋愛大好きセックス中毒の坊さんなわけで、突っ込み所ありすぎです。同じく巻第一の六には、

「中納言師時《もろとき》が坊さんの〝玉茎《たまくき》〟(ちん)を確認した話」(〝中納言師時、法師の玉茎検知《けんち》の事〟)

と、タイトルからしてそそられる話もある。ある坊さんが、

「私は〝煩悩〟を切り捨てた聖人です」

と名乗って、中納言の家に物乞いに来た。

「煩悩を切り捨てたとはどういう意味だ」

と中納言が問うと、坊さんは衣を上げて前を見せた。すると、毛だけでちんがない……。

冒頭近くにこれを持ってきた編者はどういう気持ちだったんでしょう。

やはり、がつんとかますにはエロだ、しかも「ちん」がないというミステリアスな設定で、読者をつかもうとしたのでしょうか。

〝不思議の事かな〟と中納言がその部分をまじまじと観察したところ、金玉が異様にふくらんでいる。そこで召使たちに坊さんをとらえさせ、足を広げさせ、十二、三歳の小侍に、

〝あの法師の股の上を手を広げて上げ下《おろ》しさすれ〟

と命じます。このあたり、現代語訳の必要は一切ありません。小侍がふっくらした手でさすったところ、

「そのくらいにして下さい」

と、坊さん。

「いい感じになってきたぞ。とにかくさすれ。それそれ」

「見苦しゅうございます。もうそのへんで」

というやり取りをするうちに、

〝毛の中より松茸の大きやかなる物のふらふらと出《い》で来て、腹にすはすはと打ちつけたり〟

ここも現代語訳の必要ないですね。ちんが毛の中から現れて腹をスパンスパンと打ちつけたわけです。この坊さん、ちんを金玉袋にひねり入れ、ノリで付けていた。そんなことが可能なのかは分かりませんが、はじめてこれを岩波の日本古典文学大系で読んだ中学生の時、「こんな話が

立派な全集に入っていたのか」と衝撃でした。

しかもこの光景に、中納言をはじめ、当の坊さんまで手を打って笑い転げたというんですから、素晴らしいじゃないですか。


「やれる」と思った寸前に、「すぐ戻るから待ってて」と言って逃げた女をあきらめるため、女のうんこを盗む話もある（巻第三の十八）。当時の貴族は、箱とか壺に排泄し、それを下女が捨てに行っていたため、こんなことが可能なんですが、召使に命じて女のうんこを手に入れた男が〝悦《よろこ》びて〟物陰で箱を開けてみたところ、なんと中にはうんこ状に丸めた香料や、香料を煎じておしっこに見せかけた汁が入っていた。

「汚らしくしてあったら、それを見て幻滅できると思ったのに」

と、男はますます死ぬ思いになって、のちに、

「我ながら、あの女にはほんとに恥ずかしい目にあったし、恨めしかった」

と述懐した、と。

これ、同じネタが平安後期の『今昔《こんじゃく》物語集』巻第三十にもあるんですが、そっちは香料で作った汚物をなめたり、すすったりしたあげく、男は恋死にしたという笑えぬオチになってます。『宇治拾遺物語』は同じエロでも現実的。俺、馬鹿だったな、という冷めた笑いが漂います。

そんな『宇治拾遺物語』巻第五の五には、芸人兄弟の熾烈《しれつ》な芸の戦いも描かれている。

宮中の神楽《かぐら》などで音楽や芸を担当していた兄弟が、

「今夜は珍しい出し物をせよ」

と命じられ、二人でネタを作っていた。兄が言うには、

「袴《はかま》を高く上げて細脛《ほそはぎ》を出して、〝よりによりに夜の更《ふ》けて、さりにさりに寒きに、ふりちうふぐりを、ありちうあぶらん〟と言って、神楽の火の周りを三回走るのはどうかな」

滑稽な格好で「キンキン金玉、アブアブあぶろう」といった感じに韻を踏んだ歌をかまそうと言うのです。これに対して弟は、

「ミカドの御前で〝ふぐり〟(金玉)をあぶろうなんて、まずいんじゃないっすか」

と反論したため、兄は「それもそうだ」と、本番では何てことのない芸をした。ところが続いて現れた弟は、実に寒そうなしぐさで、袴を股までかき上げて、

〝ふりちうふぐりを、ありちうあぶらん〟

とやったから、皆、大爆笑。

兄のネタを盗んで受けを取ったのです。芸の道には兄も弟もないんですね。

こんな話が満載の『宇治拾遺物語』、神の生け贄《にえ》になるはずの少女を、東国から来た猟師が救い、〝神ならば我を殺せ〟と〝神〟を脅す、愛とホラーに満ちた話もある(巻第十の六)。日本の古典文学の世界を知る入門書として超オススメです。

8　女装して好きな尼に近づく坊さん　『古今著聞集』

ちんまんに事欠かない古典文学の中でも鎌倉時代の『古今著聞集《ここんちょもんじゅう》』はピカイチ・クラス。なにしろ「好色篇」をもうけた最初の物語ですから（西尾光一・小林保治校注『古今著聞集』上　校注）。それまでも古典文学には好色話は満載だったのですが、意識的に「エロかましますよ〜」と、エロ話を集めたのはこれが初めてだったわけです。

が、面白いことに「好色篇」は現代人が読むと意外とエロくない。イザナキとイザナミがセックスを鳥の動きから学んだとか、妻が天皇とセックスした夫の話とか。由緒正しい感じの性愛話が多いんです。

『古今著聞集』のエロがはじけるのは「興言利口（座興の滑稽な話）篇」で、たとえば、ある侍所の長官は若いのに、六十にもなる〝小松〟という名の身分の低い老女を寵愛していたため、〝小松まき〟（小松まぎ、とも）と呼ばれて笑われていた。〝まき〟とはセックスのことで、「小松とやってる奴」の意です。ある日、女房に〝こまつなぎ〟という菜っ葉を持ってくるよう言われた小侍が〝小松まき〟と聞き間違えて、長官を連れて来たという、それだけの笑い話なんですが……。これって若い店長が、六十のパートのオバサンに夢中になってるようなもので、熟女好みというか婆専《ばばせん》というか、そういう男が八百年くらい前にもいたと思うと、なにやら心が癒されます。


「興言利口篇」にはこんな話もある。いまだかつてセックスしたことのない美人尼に一目惚れしたある坊さん、自分の姿形が女っぽいのをいいことに尼に扮して、「私を使ってください」と、美人尼の家に行きます。そして一生懸命奉公する。美人尼は、この尼が働き者で女とは思えぬくらい力仕事もこなすため、すっかり気に入り、一年も経つと、

「夜、寒いでしょう？　私の夜具で一緒に寝ましょう」

と、一つ夜具で寝ることまで許してくれた。それにつけても尼姿の坊さんは胸がドキドキするものの、我慢するうち、二年の歳月が経ちました。

やがて年が明けた一月八日。正月の仏のお勤めですっかり疲れた美人尼が〝だらりと〟寝ている。尼姿の坊さんが思うには、

「ここに来て今年で三年目。何のためにこうしているのやら。もうどうとでもなれ」と、

〝よく寝入りたる尼の股を広げてはさまりぬ〟

熟睡している美人尼のまたをひろげて、そこに収まった、と。そして、この日のために用意していた〝おびたたし物〟（立派な逸物《いちもつ》）を〝根もとまで突きいれ〟た。

すると、美人尼はあわてふためき、持仏堂のほうへ走って行く。

「あー思った通りだ。もうダメだ」

と、尼に化けた坊さんが部屋の隅にしゃがんでいると、美人尼は騒がしく鉦《かね》を何度も打ったかと思うと、何やら仏に話す声がして、尼姿の坊さんのもとに戻って来た。「いよいよ罰を受けるのか」とおびえていると、意外にも美人尼は優しい声で、

「どこにいるの？」

と聞いてくる。嬉しくなった尼姿の坊さんが、

「ここにおります」

と答えると、美人尼は股を広げて覆いかぶさってくるので、尼姿の坊さんはそのまま押し伏せ、長年の思いを込めて美人尼を〝責め〟まくりました。

「それにしてもなんで、あの時、持仏堂に走ったのですか」

あとで坊さんが聞いたところ、

「これほどまでに良い事をなんで独り占めできようかと思って、仏様にお供えしていたの」

と、美人尼。

その後は二人、夫婦になって暮らしたということです。

これ、下手すりゃ犯罪ですが、尼に化けた坊さんが二年以上も真面目に仕え、一つふとんに寝ても手を出さず、誠意を示していたからこそそのハッピーエンドということを強調したいと思います。それにしても尼と坊さんが夫婦になった、と、サラリと書かれているところも性愛にゆるい日本ならでは、ですね。

9　当てにならないセックス神話、小さな「ちん」が幸いす　『古今著聞集』

鎌倉時代の『古今著聞集《ここんちょもんじゅう》』はちんまん語録の宝庫でもあります。

たとえば伊勢神宮の外宮《げくう》の権禰宜《ごんのねぎ》に度会《わたらい》盛広という男がいて、妻が召し使っている筑紫《つくし》出身の女と「やりたい」と思っていた。どうにも我慢できなくなった彼は妻に、

「大変言いにくいんですが、正直に言えばあなたもお許しくださると思うので打ち明けます。あなたの使う筑紫の女とやらせてください。どうしても知りたいことがあるのです」

原文はさらに丁寧なんですが、言ってることは実に図々しい。

「あの子はとくに美人でもないし、行いや人柄が優れているわけでもないのに、何が知りたくてそんなことをおっしゃるの？」

妻が聞くと、

「あなたはまだご存知ないのか。〝つびは筑紫つび〟といって最上級のものなんだ。だから知りたいんだよ」

〝つび〟とは「まん」のこと。まんは九州女に限る、京女ならぬ「筑紫まん（こ）」というナイスなことばが当時あったわけです。すると妻は、

「おやすい御用よ」

と言いながら、

「だけど」

と付け加えました。

「〝まらは伊勢まら〟といって最上級の名があるけど、あんたのそれは〝人知れず小さく弱くて、ありがひなきもの〟じゃないの。筑紫の女もそんなものでしょう。やめなさい」

現代語訳はほとんど不要ですね。「ちんは伊勢ちん」ということばがあるけど、あんたのちんは人知れず小さく弱くて存在し甲斐もないようなものなんだから、「まんは筑紫まん」というのも当てになんない、やめとけ、というのです。

愛があるんだかないんだか、〝つびは筑紫つび〟〝まらは伊勢まら〟という、いわばセックス神話を木っ端微塵《こっぱみじん》に打ち砕く妻のご託宣。いや～～きっつい！です。


が、小さな「ちん」は悪いものとは限りません。

『古今著聞集』には小さな「ちん」が幸いした、こんな話もあります。

ある坊さんが大坂の天王寺から京へ上る道中、山伏と鋳物師《いもじ》（金属加工職人）と道連れになり、三人で宿に泊まった。宿の主は遊女。といっても鎌倉時代の遊女は江戸時代の遊女などと違って、貴人の妻になったり宿を経営したり、ずっと地位が高い。その前提で読んでくださいね。

皆が寝静まった夜、山伏が、寝ていた鋳物師の烏帽子《えぼし》を取って（当時、無帽の頭を見せることは裸になるより恥ずかしく、絵巻物ではセックス中でも烏帽子をかぶる姿が見られます。もちろん就寝中もつけていたわけです)、自分の頭にかぶっている。それを坊さんが狸寝入りして見ていると、山伏は遊女のもとへ行って、

「ここの釜は一つしかなくてご不便でしょう。もう一つ私が差し上げますがいかがですか」

と、釜と引き替えに遊女と寝た。なんとこの山伏、鋳物師に化けて遊女とタダまんし、そのまま逃げてしまったのです。

翌朝、遊女が鋳物師に「約束の釜を早くちょうだい」と言ったところ、何も知らない鋳物師は「そんな約束はしていない」と拒絶した。

「おとぼけにならないで。烏帽子がここにあるわよ」

と、はじめのうちは穏やかだった遊女も、鋳物師があまりに強く否定するので怒りだし、

「何を言いやがるこの老いぼれが。年は取っても〝ちうぼう〟(ちんぽこ。ちん)は六寸(十八センチ以上)もあって、若い男より勢いが良かったじゃないの!」

それを聞くが早いか、鋳物師は、

「あなありがたや。神仏はいらっしゃったのだ。これをご覧なさい。これが六寸のものか」

と、見せたちんというのが、

〝わづかなるこまらの、しかもきぬかづきしたる〟

ちっぽけな粗チンで、しかも包皮をかぶっていた(包茎)ものですから、遊女は口をつぐんだ、と。

濡《ぬ》れ衣《ぎぬ》が晴れて良かったね！　小さなちんで良かったね！と喜ぶべきなんでしょうか。そうなる前に、見ていた坊さん、かばってやれよと思うものの、言っても聞かない遊女の剣幕だったんでしょうね。

〝わづかなるこまら〟はぜひ原文のまま、〝まらは伊勢まら〟は当てにならないよという文脈で、使ってみてはいかがでしょう。

第五章　エロスとホラーは紙一重　近世の不条理な性愛話

1　愛はホラー　『東海道四谷怪談』

愛はホラーである。

私がそう確信したのは、宮崎駿《はやお》監督の「崖の上のポニョ」を見た時です。

この映画、色んな切り口がありますが、要するに魚の女の子、いわば人魚姫のポニョと、宗介という五歳の幼稚園児との恋物語として読むのが分かりやすい。

宗介はポニョと暮らそうとする。その時、ポニョの母が、「ポニョの本性が魚でもいいですか」と尋ねるんです。

この問いが私は凄く気になった。正直、怖いと感じました。

アンデルセンの「人魚姫」の王子は、助けてくれた人魚姫を差し置いて、人間の女と結婚したために、人魚姫は海の泡と消えてしまいます。そうした「男の裏切り」が、「ポニョ」でも前提になっている。だから、ポニョを案じる母親は、宗介に確認したんです。

映画の中には、ポニョと宗介が一緒にトンネルをくぐるシーンがあって、その時、ポニョは人間から奇怪な半魚人、そして金魚（人面魚）に変身したりしている。

そんなポニョでもお前は愛せるか、と、母は問うている。

「この人の正体は実はとてつもなく恐ろしいものかもしれない。その正体がいつか顔を見せることがあるかもしれない。それでもあなたはこの人のすべてを受け入れられるのか」

というわけで、それを受け入れることのできるのが「愛」だとしたら、それは根っこのところでホラーじゃないですか？

その人の正体がどんなものであるかもしれず夢中になって、遠い未来を誓い合い、一緒になる……その一連の行為自体、考えみればホラーです。

だから、究極の愛の物語は、勢い、ホラーになってしまう。

「実は男の正体は蛇だった」という三輪山神話や、契った女神の正体が蛇だったからと、ホムチワケ（垂仁《すいにん》天皇の皇子）が逃げるといった道成寺《どうじょうじ》説話式の神話、その他、人間と人間以外の生き物が結婚する異類婚姻譚は、愛の怖さを浮き彫りにした「たとえ話」としてとらえることができると思うのです。

つまり今現在とりこになっている恋人が、恐ろしい内面を秘めた人であるかもしれないということを、人間以外の「異類」によって表現している、と。

こうした異類婚姻譚に共通しているのは「最後は破綻すること」で、これまた「愛には裏切り」がつきものという一つの真理を象徴している。

だから愛欲の深い女というのは、『源氏物語』の六条御息所《ろくじょうのみやすどころ》のように物の怪《もののけ》になったり、『東海道四谷怪談』のお岩さんのように夫への怨念をつのらせるんですよ。

そう、今回、取り上げたいのは『東海道四谷怪談』。

これ、妻のお岩を夫の伊右衛門《いえもん》が嫌って醜くする話だと思っていませんか？

違います。

お岩はもとはとても美しい女で、やはり美男の伊右衛門は、お岩の父の反対を押し切ってもお岩を妻にする。父のことばに従って女を死なせることになった『西山《にしやま》物語』の男（→第五章10話）とは大違い。父のことばは絶対の武家の世界で、親の反対をも乗り越えた「相思相愛の美男美女」がはじめにいる。

もちろん伊右衛門は悪党で、御用金を盗んだことが舅《しゅうと》（お岩の父）にばれたため、殺した上、お岩には「父の仇を取ってやる」とだまして夫婦生活を続けるのですが、そうして嘘《うそ》をついてまで夫婦でいたいほど、お岩は恋しい妻だった。

お岩が赤子を生んだあとも、

「このなけなしの貧乏生活で、餓鬼《がき》まで生むとは気がきかねぇ。これだから素人を妻に持つと、こんな時に亭主の難儀だ」

などとぶつぶつ言いながらも、初産のお岩のために人を雇い、病床のお岩に代わって自ら飯を炊くなどしていたのです。

金持ちの孫娘に横恋慕《よこれんぼ》され、結婚を申し込まれた時も、

「いやいや、どんなに金持ちになるとしても、お岩を捨てては世間の手前、これぱかりはできませぬ」

と、世間体を気にするふりをしつつも、決して「うん」とは言わなかった。

ところが……。伊右衛門を呼び出した金持ちは、

「それなら私を殺して下され」

と言いだす。驚いた伊右衛門が、「なぜそこまで」と問いつめると、

「あなたを思う孫娘が不憫《ふびん》で……婿《むこ》に取ろうにもあなたにはお岩殿がいる。どうしたらいいかと思案して、孫の母にも知らせず、私だけが知る〝面体《めんてい》崩るゝ秘方の薬〟、これをお岩殿に飲ませれば、たちまち面相が変わるのは明白。そうなればあなたは妻に〝愛想《あいそ》がつき〟、離婚ともなればその後釜に孫娘をと、〝悪い心〟が出てしまい、先ほど血の道の薬と称してお岩殿に差し上げたのは、面体の変わる毒薬同然の薬だったのです」

なんと金持ちは、お岩が醜くなれば伊右衛門の愛想が尽き、可愛い孫娘が妻の後釜になれるだろうと、産後の肥立ちの悪いお岩に薬と称して顔の崩れる毒薬を贈ったというのです。

その話を聞いた孫娘やその母が「そんな恐ろしい」「バチが当たる」と驚く中、金持ちは、

「あなたが承知してくれたら、家の有り金は残らず差し上げます」

と懇願します。孫娘は、「いっそ私が」と死のうとする始末。それでも承知しない伊右衛門と、金持ちや孫娘の母との三つ巴の会話は次第に緊迫していきます。

「承知しては下さらぬのか」

「さぁそれは」

「死のうと言う娘をどうか助けて」

「そう言われても」

「それなら私を（殺して下さい）」

「さぁそれは」

「さぁ」

「さぁ」

「さぁさぁさぁさぁ」

「人の道に外れるとはいえ」

「どうかお返事を」

と、迫られる中、

「承知しました」

と、伊右衛門は返事をしてしまうのでした。

金にも転ばなかった伊右衛門が、お岩が毒薬で醜くされたと知って、金持ちの言い分を飲むのです。多勢に無勢。ここで「うん」と言わねば生きて帰れぬという恐怖心もあったのではないか。いずれにしても、帰宅後、醜くなったお岩を見た彼は、急にお岩に冷たくなる。気分が悪化する一方のお岩が、

「どうせ私はじきに死ぬ身。命は惜しくないけれど、生まれたこの子が不憫で、私は成仏できないでしょう。もし私が死んだら、まさか当分……」

と言いかけると、

「持ってみせる」

「女房ならばじきに持つ」

と開き直る。そして按摩《あんま》をけしかけ、お岩と密通させることで離婚を有利にしようとしたところ、按摩に真実を知らされたお岩は憤死。その後、伊右衛門の後妻となった金持ちの孫娘をはじめ、お岩が腹を痛めて生んだ赤子まで死んでいき、その赤子を生きていると見せかけて、伊右衛門をぬか喜びさせたあげく、どん底に突き落とすというような、我が子さえ利用したお岩の復讐《ふくしゅう》劇が展開します。

『源氏物語』の六条御息所の死霊が、

「幽明境《ゆうめいさかい》を異《こと》にすると、子のことまで深く感じないのでしょうか、やはり自分が恨めしいと思った執着心があとに残るものでした」

と、子への愛より、男への恨みが残ると訴えたことが思い出されます。

そういえば六条御息所も、はじめは拒んでいたのを、源氏がやっとのことで口説き落としたという設定でした。

夫をあの世とこの世の境に追いつめるイザナミも、もとは互いに〝愛〟のことばを発し、性愛を重ね、日本の島々と神々を生むほど、夫と深く結ばれていた（→第一章1話）。

はじめに「強い男の愛」があったからこそ、裏切られた女の恨みも深い。だから、「崖の上のポニョ」で五歳の宗介が、

「人間のポニョも好きだし、半魚人のポニョも、魚のポニョも好きだよ」

と、愛を誓うのは、とんでもなく恐ろしいことなのです。

2 裏切る男を女が追いつめる道成寺型説話　『曽呂利物語』『諸国百物語』

映画「崖の上のポニョ」には、人魚が男に裏切られる「人魚姫」のほか、日本の道成寺《どうじょうじ》説話の影響もあると思われます。

ポニョが暗く荒れた海の、波頭を踏んで宗介に会いに行くシーンは、毒蛇となった女が男を追って、水上を走る道成寺説話のハイライトシーンに似ているのです。

道成寺説話とは、熊野参詣のイケメン僧侶が宿の女に迫られ、「熊野参詣の帰りにあなたの思いに従おう」と約束しながら裏切ったため、〝毒蛇〟(『大日本国法華経験記』巻下)となった女に追いかけられ、道成寺の鐘の中に隠れるものの、鐘に巻きついた毒蛇の熱で焼け尽くされるという仏教説話。

平安中期の『大日本国法華経験記』以来、『賢学草子』(『日高川』)と呼ばれる話など、いくつものバージョンが作られ、歌舞伎の安珍《あんちん》・清姫《きよひめ》もその類です。

垂仁《すいにん》天皇の皇子のホムチワケが出雲のヒナガヒメとセックスしたあと、その正体を〝蛇《へみ》〟と知り、畏《おそ》れて逃げだしたところ、ヒメが〝海原《うなはら》を光《てら》して〟船で追って来た、そのためますます畏れた皇子が山の鞍部から船を引いて大和へ逃げ帰ったという『古事記』の説話も影響しているかもしれません。

いずれにしても、男の裏切りの物語ですが、『大日本国法華経験記』では男はセックスを拒むものの、『古事記』や『賢学草子』では女とセックスしている。

女にとってどちらが痛手が深いかといえば「セックス後の裏切り」のほうなわけで、江戸初期の怪談集には道成寺説話タイプの話がたくさんあって、どれもが「セックス後の裏切り」タイプです。しかも無事逃げ帰った『古事記』のホムチワケと異なり、いずれも男は悲惨な運命を辿っています。

『曽呂利《そろり》物語』の色好みの商人の話もその一つ。京から北陸道を目指して下る商人が、ある宿に泊まると、夜ふけごろ、隣の部屋で女がいかにも気高い声で小唄をうたっている。

「都でも聞いたことのないような素晴らしい声音《こわね》だ。こんな田舎で不思議だなぁ」

と目がさえた男が、隣の部屋に行って近くに寄ると、

「奥の間にはどなたもおいでにならぬと思い、見苦しいことを申しまして、返す返すもお恥ずかしゅうございます」

と、女。

「今宵は添い寝して、お声をも承り、お相手をも致しましょう」

男が言うと、

「これは思いも寄らぬこと。そのようなことをおっしゃるならもう外に出ます」

と、女は出て行こうとするので、男はますます恋焦がれ、

「ここに泊まり合わせたのも出雲路の縁結びの神のお引き合わせでしょう」

と、しつこく口説いた。すると女は、

「本当にそのようにお思いなら、私はまだ夫のいない身なので、永遠の妻とお決めくだされば、あなたの思いに従いましょう。けれど、堅いお誓いがないのでは、移ろいやすい心はあてになりません」

と言う。そこで男はあらゆる神仏に誓った上で、二人は浅からぬ契りを結んだのです。

ところが……。

夜もほのぼのと明けゆくまま、女の顔をよくよく見ると〝眉目《みめ》の悪しき瞽女《ごぜ》〟ではありませんか。瞽女とは三味線を弾き、唄をうたって物乞いして歩く盲目の女。気高い佳人と思った女は、醜い盲目の物乞い女だったのです。

肝をつぶした男は奥州へは下らず、上方を目指して逃げ出しました。大河を越えて振り返ると、あの瞽女が杖二本にすがり、

〝やるまじ、やるまじ〟(逃がすものか、逃がすものか)

と追いかけてくる。これを見た男は、馬方に、「なんとか工夫してあの瞽女を川へ沈めてくれ」と銭をやったところ、欲深な馬方は言われた通り、瞽女を深みに突き落としてしまいました。

その後、商人は日が暮れたので、宿に泊まると、怒り狂った瞽女がやって来て、戸を押し破り、商人が隠れていた土蔵に押し入った。すると、土蔵は雷に打たれたように震動。翌朝、宿の亭主

が見ると、商人の体はバラバラに裂けて、首は見えなくなっていたといいます。

まさにホラーですね。

しかし自業自得とも言える。

室町時代の『およう の尼』では、老僧が若い女と勘違いし（だまされ）て契った相手は七十の老婆でしたが、「私らは一つと年も違わないでしょう。廊下の隅の柱ですら、馴れれば名残惜しいものよ」という老尼のことばに、二人が夫婦になる予感を漂わせて締めくくられたもの。平安時代の『源氏物語』の源氏など、五十七、八の源典侍《げんのないしのすけ》が年を取ってもまだ恋の現役なので好奇心を抱き、口説いて関係をもったものです。六十近い婆さんと知りながら、あえて胸に飛び込んでいるんです。

それがこの商人は、さんざん口説いてセックスしながら、相手がブスの物乞いだからと捨てるばかりか、人を使って川に突き落としたのですから、バチが当たって当然でしょう。

よく似た話は同じく江戸初期の『諸国百物語』にも巻之一と巻之二にそれぞれあって、巻之二のほうは『曽呂利物語』とほぼ同じ話。巻之一のほうは永平寺の美僧が宿でセックスした女を翌朝見れば六十過ぎの巫女《みこ》だったため逃げだして、水に突き落としたため、大蛇となった女に食い殺されるという結末です。

捨てるだけならまだしも、川に突き落とすとか、フツーに犯罪ですからね。

いずれにしても、あまりに簡単に将来を誓うのは、やめたほうが良さそうです。

3　本当は恐ろしい好色　『好色一代男』『好色一代女』『男色大鑑』

映画「崖の上のポニョ」を見る前にも（→第五章1話）、「性愛は極まればホラーになる」と、私は薄々気づいていました。気づかせてくれたのは江戸時代の井原西鶴《さいかく》です。富裕な大坂の商人だった西鶴は、妻や娘と死別後、商売を手代に譲り、俳諧師として名を挙げます。さらに『好色一代男』が評判になり、作家活動に入っていきます。

そんな西鶴のエロは基本的に男目線。

『好色一代男』の主役が五十四年間にセックスした女は三千七百四十二人、男色相手の少年は七百二十五人と「数の多さ」が強調されるのは、女の強かった平安中期の『伊勢物語』や『源氏物語』の性愛が、恋の駆け引きや心理面に比重を置いていたのと対照的です。

この即物性が西鶴の面白さでもあって、『好色一代男』には十日契約の妾やら、高貴な寡婦や奥方たちの密会の方法がたくさん紹介されている。

〝しるしの立ちぐらみ〟は出合茶屋《であいぢゃや》（今のラブホみたいなもの）ののれんに目印として赤い手ぬぐいを結びつけ、それを見た相手の女は立ちくらみを装い、ちょっと休むと称して中でセックス。

〝ちぎりの隔板《へだていた》〟は、小座敷の隅の床板にちんが通るほどの穴をあけておき、下には男が仰向きに寝られるよう深さ三十センチほどの空間を作っておく。女が板の上にうつ伏せになると、床下の空間に横たわった男が、空いた穴から勃起したちんを入れてセックス。〝湯殿《ゆどの》のたたみばし子《ご》〟は、女が裸になり、中に入って内側から戸を閉めると、天井から折りたたみ式の梯子をおろして女を上へ運び、〝事すまして〟下に戻す……。

人妻不倫は下手すりゃ死罪になった時代ならではの涙ぐましい工夫の数々で、『好色一代男』によれば、こういう秘密の手段が〝四十八〟種はあるというから笑えます。

しかし性に厳しいのは武士だけで、同じ『好色一代男』には、夫が漁に出ているあいだ、妻が港にやってくる男相手に売春をする風習のある漁師町が紹介されている。そこで亭主が家にいる時は、表に〝櫂《かい》〟を立てて目印にしていたというのもリアルです（以上、巻四）。

西鶴には好色物の女版である『好色一代女』もあって、こちらは、セックス三昧《ざんまい》の果て、落ちぶれた老女の身の上話という設定ですが、この老女の住まいが〝好色庵〟というのが笑える。

この一代女の身の上話が、好色の中に笑いがあり、笑いの中にホラーがあるんですよ。

彼女の性体験のほとんどは売春で、髪を剃り、ふんどしの男姿になり、女色が禁じられている坊主相手の売春婦になったり、同性愛の七十歳のお婆さんの相手をしたり。

そんなふうにあちこちで身を売っていた一代女、ひとりの坊主に気に入られ、三年契約で坊主のセックス相手になります。この坊主が精力絶倫で、居間の隅に、窓といえば明かり取りだけの空間を作り、そこに一代女を軟禁し、やがて昼夜の別なくセックス三昧となる。

一代女はしだいに痩せ衰えるものの、坊主は「死んだらうちで土葬にしてやろう」という顔つきなのも恐ろしい。そのうち坊主も油断したのか、一代女が庫裏《くり》を覗《のぞ》いても文句を言わなくなったある夕暮れ。

一代女はうたた寝の幻に、黒髪もなく、顔は皺《しわ》だらけ、手足は火箸《ひばし》のように痩せた、腰も伸ばせぬ老婆が這い出してきて、か細い声でこう言うのを聞きます。

「私はこの寺で長年、住職の母親代わりになって過ごしてきた。住職より二十も年上なので何かにつけて恥ずかしい思いをしながら、生活のため〝夜の契り〟を重ね、深い約束もかわしてきた。なのに老いたからと隅に押しやられ、仏前の飯を与えられ、なかなか死なぬと恨めしそうな顔で見られる。ひどいとは思うが、それよりも日ごと恨みの積もるのはお前が私の存在も知らぬまま住職と寝物語するのを聞く時だ」

なんと坊主は、一代女の現れる前にも女を囲っていて、半ば飼い殺しにしていたというから、ぞっとするではありませんか。

身の危険を感じた一代女、住職には「妊娠した」と偽って、里帰りの費用にお布施をもらって出奔するのでした（巻二）。

『好色一代女』にはほかにも、大名家の奥方が側室に生き写しの人形を作らせ、夫を恨む代わりにその人形を責めさいなんでいたある日、人形がかっと目を見開いて、奥方の着物に取りつき、事の次第が夫にばれて、以後は仮面夫婦となった話もあります（巻三）。

西鶴の作品にはしばしば人形が登場し、『男色大鑑』巻八にも、美少年の人形が、いつしか〝魂のあるごとく身をうごかし〟、しだいに〝衆道心《しゅだうごころ》〟（男色の気《け》）がついて、芝居帰りの若衆たちに目をつけるばかりか、その名を呼ぶようになった、とある。それで気味悪くなった持ち主は、河原に二、三度流したものの、いつの間にか家に帰って来る。竹中吉三郎と藤田吉三郎という当代一の二人の美少年役者が座敷に来ていると知った持ち主は、人形を杉の箱に入れ、座敷に出したところ、案の定、人形は美少年役者の名を呼んだ。事情を知った男が、

「お前は人形の分際で、男色の心を持つとは優美なことだ。二人の吉三郎を思っているのか」

と問うと、人形はすぐにうなずいた。また、一人の男が、二人の吉三郎が飲み捨てた盃を取り上げて、

「これはお二人のお口が触れたものだ」

と人形の口元に差しながら、

「だいたいこの若衆たちに思いを寄せる見物人たちは無数にいる。いくら焦がれても近づくのは無理なのだ」

と、望みの叶わぬ道理を囁《ささや》くと、人形ながらも合点した顔つきになって、その後は諦めたといいます。

最後は人形が諦めてくれたからいいようなものの、これなども、不気味な話ですよね。

『源氏物語』の六条御息所《ろくじょうのみやすどころ》もそうですが、愛が高じると、限りなくホラーに近づいていくという真理を、西鶴は教えてくれます。

4 サバを読む女 『好色一代女』

井原西鶴《さいかく》の『好色一代女』は、生涯をセックスと売春に明け暮れた女の一代記。しかしその末路は哀れです。年をとって体も売れなくなり、遣《や》り手婆《てばばあ》もこなせなくなった一代女は、町外れの借家に隠れ住み、極貧生活に落ちぶれる。

その隣に住む女たちの話を壁越しに聞いていると、おかみさん三人が夕方から売春をしている様子。一人は五歳ほどの娘に餅を食わせ、二歳の子を夫に世話させて稼ぐたくましさ。餅は江戸時代のファストフード。コンビニ弁当を子にあてがって水商売といった風情です。その夜ふけ、仕事を終えた三人が井戸端会議に花を咲かせるのですが、その会話が突き抜けている。

「あたしゃ、血気盛んな若い者ばかりに当たっちゃって、四十六人目の男の時は、息も絶え絶え、死にそうだったが、欲は限りないんだねぇ。相手がいるのをこれ幸いに、その後も七、八人もこなしたよ」

一人が言うと、一人がなにやら思い出し笑いをしている。「何なの？」ほかの二人が尋ねると、

「わたしゃゆうべほど困ったことはないよ。いつも通り天満《てんま》の青物市場に行って、河内から野菜を運んでくる百姓の舟を待ち伏せしていると、庄屋の三男坊くらいだろう、まだ十六、七の、田

舎者にしては小綺麗な少年が、しかも可愛らしい様子で、女を物珍しそうにして、同じ村の百姓と連れ立って来たんだよ」

この少年が彼女を見そめ、暗闇の舟の中で、波の音を聞きながら何度も枕を交わし、柔らかな手で彼女の脇腹を気持良くさすりながら、「あんたはいくつだ」と、聞いてきた。彼女は身にしみて恥ずかしくなって、「十七になります」と小さな声で答えると、「じゃあ俺と同い年だね」

少年は嬉しがったのですが……。

「五十九なのに、十七なんて四十二歳もサバを読んだんだから、あの世にいったら鬼に舌を抜かれるよ」

なんと、彼女は五十九歳なのに、十七歳と嘘《うそ》をついたというのです。

いくら世間知らずな田舎者でも、だまされるほうもだまされるほうです。

会話を壁越しに聞いていた一代女は「いくら生活のためとはいえ」とあきれるものの、自分とて命は捨てがたい。そんな時、同じ借家に住む七十過ぎの婆が、

「あんたみたいに綺麗なのに、何もしないとはもったいない。私も足腰さえ立てば、白髪に添え髪をして後家らしくこしらえて、一杯食わせてやるのじゃが」

などと言う。六十五だが「ぱっと見には四十過ぎにしか見えない」一代女がその気になると、婆は一人のオヤジを連れて来た。オヤジは、

「なるほど暗闇なら銭になるじゃろう」

と言い、一代女に大振り袖を着せ、若い女のようにつくろいます。六十過ぎの婆さんにセーラ

ー服を着せるようなものですが、その姿で一代女は町に立ったのです。

婆を若く見せる専門家がいたとは驚きです。

が、一代女を相手にしてくれる男は結局、一人もいませんでした。己の市場価値の低さを悟った一代女は売春稼業をふっつり廃業。

「死んで極楽へ行こう」

と広沢の池に身投げしようとしたところを、昔なじみの人に救われて、その名も〝好色庵《こうしょくあん》〟に住むこととはなったのでした（巻六）。

『好色一代男』の主人公が女三千七百四十二人、少年七百二十五人と交わった末、〝好色丸《よしいろまる》〟と名づけた舟に精力剤や大人のおもちゃを積み込んで、仲間七人と〝女護《にょご》の島〟目指して行方知れずになるのに比べると、なんともさみしいラストです。

このあたりが江戸時代の限界。父から息子へ財産が受け継がれていた男社会の当時にあって、一代女のように子も生まず、定まった夫も持たない人生は、悲惨なものと考えられていたんですね……。

その中で、男のみならず、女の好色人生を描こうと試みただけでも、西鶴は偉大であると言えます。

5 獣姦の記憶 「おしらさま」『捜神記』『古事記』

『古事記』によれば、古代日本の数少ない性のタブーが、親子間のセックスと、〝馬婚《うまたはけ》・牛婚・鶏婚〟といった獣姦です（〝婚〟は「くなぎ」とよむ説も）。

決まりがあるってことは馬や牛とやる人間がいたんでしょう。

それで思い出すのが「おしらさま」。以前、民話の里で名高い岩手県の遠野に行ったことがあるんですが、そこで信仰されているおしらさまという大きめのてるてる坊主のような神様には、馬と娘のこんな悲恋が伝えられている。

ある百姓が美しい一人娘をもっていたが、飼い馬といつも一緒で、ある夜とうとう夫婦になった。美女と馬の取り合わせとはなんとも想像をかき立てられますが、ある日、その現場を娘の父が見てしまいます。ショックを受けた父は、翌日、馬を桑の木に吊り下げ、皮を剝《は》ぎだす。ところが、あと少しで剝ぎ終わるという時、馬の皮が娘を包み、天に昇って行ってしまった。

その後、父親の夢に娘が現れ、

「台所の臼《うす》の中を見てけろ。中の虫を桑の葉で育て、繭《まゆ》を作れば高く売れる」と教えた。

それでおしらさまは養蚕《ようさん》の神になった。

馬と娘が交わったり馬の皮が剝がされたり、エログロな中にも、種を超えた「愛」が感じられる物語なのですが……。

はっきり言って、これ、『古事記』で〝罪〟とされていた〝馬婚〟じゃないですか？

と、思って調べると、この恋話の源流は古代中国の『捜神記《そうじんき》』（四世紀）にあって、その話はさらにえぐいというか、驚くべきものなんです！

『捜神記』巻十四に収められた「女化蚕」によると、父が遠方に出征中、残された娘が父恋しさに、飼っていたオス馬にこんな冗談を言った。

「お前がお父様を連れて来たらお嫁さんになってあげる」

すると馬は、手綱を引きちぎって走り去り、父を連れて来たではありませんか。

帰宅した父は馬にまぐさをたっぷり与えてねぎらったものの、馬は見向きもせず、娘が家に出たり入ったりするたびに、喜んだり怒ったりして身を震わせる。で、娘にわけを尋ね、真相を知った父親は、

「誰にも言うな。家門の恥になる」

と娘に口止めしたあげく、馬を殺して皮を剝いでしまいます。

そしてここからが「おしらさま」の話とは大違いなところで、父の外出中、隣の家の娘と馬の皮のそばでふざけていた娘は、皮を足で踏むと、こう言ったのです。

「お前は畜生のぶんざいで、人間をお嫁さんにほしがるなんて。殺されて皮を剝がれたのも身から出たさびだわ。なんだってそんなばかなまねをしたのよ」（竹田晃訳『捜神記』から）

そのことばが終わらぬうちに、馬の皮がさっと立ち上がったかと思うと、娘を包み込んで飛び去った。

数日後、庭の大木の枝の上に娘と馬の皮が発見され、どちらも蚕《かいこ》になって糸を吐いていた。その蚕からは普通の蚕の数倍も糸が取れたので、農民は競ってこの品種を育てることになった、と。

馬と娘の関係が養蚕のもとになったというのは同じでも、「おしらさま」の話にあった馬と娘の心の交流、「愛」の部分が皆無なんです。しかも娘と馬自身が蚕になったというグロさと恐ろしさ。

思うに古代中国では「獣姦」は物凄い罪だったんでしょう。

でも日本では、山幸彦の結婚相手の正体はワニ（今のフカやサメを指すらしい）だったし、垂仁《すいにん》天皇の皇子が契った女の正体はヘビだった……というような話が、獣姦をタブー視した『古事記』にもけっこうある。

古代日本人は動物とセックスすることでそのパワーを取り込もうとしたわけで、それはそもそも動物を神と崇《あが》めていたからでしょう。

それが中国の先進思想が入ってくることで、動物と人間のセックスなんてとんでもない！ということになって、タブー化していったのではないか。

「おしらさま」の話には、獣姦がタブー化する前の記憶が残っているのかもしれません。

6 危ない女と危ない男 「牡丹灯籠」(『伽婢子』)「牡丹灯記」(『剪灯新話』)

あなたは、命の危険をもたらすような「危ない女」に遭遇したことがありますか？　古典文学にはそういう男、けっこういます。幽霊と契って死んでしまう「牡丹灯籠《ぼたんのとうろう》」(一般的にはボタンドウロウとしておなじみ。『伽婢子《おとぎぼうこ》』)の男などはその代表格。

『丹後国風土記』逸文(原本は散逸したが別の本で存在が確認される本)に原話のある「浦島太郎」(風土記では浦の〝嶋子〟)も考えてみれば同類です。

亀に化けた〝神女〟(いわゆる乙姫)に海に連れ込まれ、故郷に戻りたいと訴えたら「私より故郷を取るなんて」とごねられたあげく、妙な箱(玉手箱)を渡されて、それを開けたらお爺さんになってしまうんですから。

こうした「危ない女」に引っかかる男には共通点がある。

「肝心の所で抜けている」ことです。

浦島太郎は、「決して開けてはいけない」と言われた玉手箱をうっかり開けてしまうし、「牡丹灯籠」の男にしても、いったんは幽霊から逃れることができたのに、酔ったある日、自らふらふらと幽霊のもとに行ってしまう。

さんざん痛い目にあって、「やっと切れた」と思った元カノに、酔っぱらって会いに行くようなものです。それでがっちりと手を握られて、墓に引きずりこまれて死んでしまうんですからバカです。それ以上に女が危なすぎたというのがあるんですが、彼らがそんなにも危ない女にのめりこんだのは、ずばりセックスが良かったから。

「浦島太郎」には具体的な性描写はないものの、「牡丹灯籠」の原話となった中国の「牡丹灯記」(『剪灯新話《せんとうしんわ》』)には、女とのセックスのめくるめく快楽が強調されている。二人は会ったその日に〝歓昵《かんじつ》を極め〟(セックスの歓びの限りを尽くし)、その快楽は、巫山《ふざん》(中国の名山)や洛水(中国の大河)の神女との出逢いにもまさった、といいます。

〝神女〟といえば浦島太郎の相手です。〝神女〟＝絶世の美女と相場が決まっている。だから浦島太郎は三年間も故郷を忘れてやりまくったんでしょう。それが「牡丹灯記」の女ときたら、神女を上回る快感を与えてくれる。二人は夜な夜な〝甚だ歓愛《かんあい》を極む〟(甚だしい性愛の歓喜を極める)という頂上セックスを重ねていました。それを隣の〝翁〟が壁に穴を開けて覗《のぞ》いた(「牡丹灯籠」では壁の隙間から覗いた)。あえぎ声でも聞こえたんでしょうか。要はデバガメ爺《じじい》です。

するとそこには化粧をした髑髏《どくろ》と男が並んでいた。

爺からその事実を知らされ、女が幽霊であると知った男は、護符の力で女を防ぐことに成功します。にもかかわらず、酒に酔って自ら女のもとへ行き、命を落としたというのは日本の「牡丹灯籠」と同じ。酒で理性が吹っ飛んで、この世のものとは思えぬ女とのセックスの味が蘇ってきたんでしょう。

その後は二人して幽霊になって現れては、人を重病にしたりしていたのですが、そのあとの展開が日本の「牡丹灯籠」と「牡丹灯記」では大きく違っている。供養によって幽霊の出現が収まる「牡丹灯籠」に対し、中国の「牡丹灯記」では、幽霊バスターのような修行者の力で幽霊たちが捕らえられ、拷問によって罪を自供させられ、地獄に堕とされてしまいます。判決文で女は、「お前は死んでもセックスばかりむさぼっている。生きていた時の淫らさが分かるというものだ」などと罵《ののし》られ、生前のヤリマンぶりまで暴かれる。この厳正さに比べたら、日本人は生ぬるいというか、基本、セックスに寛容だから、淫らな幽霊にも、それに溺れる男にも同情的なんでしょうね。

などと書いていて思ったんですが、この話、屍姦の話としても読めるのではないか。土葬の多かった昔、死んだばかりの美女が犯されることは現実にあったようで、もしやこの男も、美女の死体を犯しているうちに、心臓麻痺かなんかで死んでしまったのかも。だとすると危ないのは男のほうということになりますね。

7 美人妻の不気味な遺言 『諸国百物語』

これもまた「危ない女」の極みのような話です。

江戸初期の『諸国百物語』は百物語の元祖と言われる怪談集。百物語とは、皆で集まり百話語ったあとに、現実に怪奇が起きるという怪談会の形式をとったもの。この物語の中にこんな話がある。

豊後の国（今の大分県）のある男が十七歳の美人妻をもっていた。妻の美貌は近隣で知らぬ者はないほどで、夫婦仲の良さはハンパなく、男はいつも冗談で、

「あなたが俺より先に死んだら、二度と妻を持たないよ」

と言っていた。そんなある日、妻は風邪をこじらせ死んでしまいます。そのいまわの際に、妻はこんなことを言いました。

「私を不憫《ふびん》に思うなら、土葬も火葬もしないで下さい。私のお腹を裂いて内臓を取り出し、中に米を詰め込んで、表を漆で十四回塗り固め、持仏堂を作ってそこに私を入れ、手には鉦鼓《しょうご》（念仏に使う叩き鉦《がね》）を持たせて安置してください。朝夕、私の前に来て念仏をしてください」

なんと妻は、自分を漆で固めた像にして、死後も祀《まつ》ってほしいと言うのです。

普通ならそんな不気味な願いは無視するところでしょうが、男は妻の遺言通り、遺体に加工を施して、朝晩念仏を唱えたというのですから、この男もどうかしてるというか、この時点で後戻りはできなくなっていたんですね。

そんな男を見かねてか、友達が新たに妻を持つよう強く勧め、男は新しい妻と結婚します。ところが妻は、理由も言わずに「離縁してほしい」と言って実家に帰ってしまいます。

その後、何度、妻を迎えても、同じように実家に帰ってしまうので、「これはただ事ではない」と思った男がさまざまな祈禱《きとう》をして、新たに妻を迎えたところ、五、六十日ほどは何事もありませんでした。

やがて男が外出中の夜十時頃、妻が召使たちと歓談していると、表から鉦鼓の音が聞こえ、次第に近づいてくる。掛け金をして身を縮めていると、〝さらりさらり〟と戸を開けて、女の声で〝ここをあけ給へ〟と言います。無視していると、

「今回は帰りますが、また夜のお相手に参ります。私が来たことは決して夫におっしゃるな。もし言えばあなたの命はあるまい」

と言って帰って行った。隙間から見ると、十七、八の女で、顔から下は真っ黒でした。

帰宅した夫に、妻は前の妻たちと同様「離縁してほしい」と言いましたが、夫があまりにしつこく問うので、わけを話してしまいます。

すると夫は「それは狐に違いない」とごまかして妻をとどめました。

もうこれ以上、新しい妻を失いたくなかったのでしょう。

四、五日後、夫の外出中、また鉦鼓の音がすると、不思議なことに妻以外の者は急に眠くなって寝てしまった。黒色の女は二重三重の戸を〝さらりさらり〟と開けたかと思うと、丈と等しい黒髪を揺らし、妻をまじまじと見て、「ああ情けない。前に私がここに来たことを夫に言ってくれるなと申したのに、早くも喋っておしまいになるとは。かえすがえすも恨めしい」と言うが早いか、妻の首をねじ切った。

帰宅後、持仏堂の黒色の女の前に妻の首が転がっているのを見た夫が、「さてもさても、お前は心の賤《いや》しい女だな」と、漆で固めた女を仏壇から引きずり下ろすと、黒い女は目を見開いて夫ののどに食いついたので、夫も死んでしまったのでした。

なんともグロい話ですが、妻の不気味な願いを聞き入れた時から、男は魔道に堕ちていたと言えます。

いくら美人妻でも、死骸を漆で塗り固めて像にしてくれなどと願う女は危なすぎますよ。あまりに美人でラブラブだったため、男はこの妻の危ない魔性に気づかなかったのでしょうか。それとも、薄々気づいていたものの、それを上回る魅力が妻にあったのでしょうか。臨終の時の遺言をそのまま実行してしまった男の愚かさが悔やまれますが、実行しなかったらしなかったで、この妻の場合、何か祟《たた》りがありそうです。こうした女にははじめから関わらぬのが吉。関わったとしても、「二度と妻を持たない」などと、当てにならないセリフは冗談でも発するべきではありません。

8　ニート男と魔物女の性愛　「蛇性の婬」（『雨月物語』）

『雨月《うげつ》物語』って学校で習いましたよね？　実はこれ、義務教育で教えていいの？と思うくらいヤバイ話てんこ盛りなんです。坊さんが、セックス相手の少年の死体を愛撫するうちに食べてしまった「青頭巾」は、少年愛に加え、屍姦と人肉食の話だし、「蛇性《じゃせい》の婬《いん》」というタイトルからして淫靡《いんび》な話はニートがストーカーにあう話。被害者は「優しくて都会志向でオシャレ好き、でも働く気はなく、親や兄の世話になりながら学問をしている」豊雄《とよお》という高学歴ニート（ただしイケメン）です。

今の和歌山県新宮市に住む豊雄が学問の帰り、二十歳前の謎の美女と巡り逢う。その夜、彼女とセックスする夢を見た豊雄が、導かれるように女の家に行くと、さっそく酒宴となって、酔った女はこんなことを言います。

「私は都の生まれで（このへんも都会好きの豊雄のストライクゾーン）、結婚してここに来たんですが夫とは死別してしまいました。私を〝汚き物〟（汚れた女）とお思いでなければ、この一杯を千年の契りのはじめとしましょう」

処女じゃないから自分のことを汚れた女なんて言う。謙虚なようでいながら有無を言わさぬ勢いなのは、美女の自信か、百戦錬磨の魔性の女ゆえか……。突然のことに豊雄が黙っていると、「今の言葉は水に流して」と、女。そうなると豊雄も惜しくなって「私は親がかりの身なので、貧しさに耐えられるなら」と言ってしまう。すると女は「私の家に通ってくればいいわ。これ夫の形見。結婚のしるしに」と、豪華な太刀を押しつけてきます。

ところがこれが盗品で、豊雄は逮捕されてしまう。一回セックスしただけの女からのプレゼントに大麻が隠されていて、しょっぴかれるようなものです。

百日後に釈放された豊雄は、姉夫婦のもとに身を寄せますが、どうやってかぎつけたのか、ここにもあの美女がやって来る。そして恐ろしいことに、姉夫婦の心をがっちりつかんで、その取りなしで豊雄と正式に結婚してしまう。プレゼントの時もそうでしたが、豊雄は優しい男だからNOと言えないんですね。

そんなある日、皆で遊びに行った先で、謎の老人によって美女の正体が暴かれ、女はいったん姿を消します。老人が言うには、

「あいつは年をとった大蛇なのじゃ。婬らな〝邪神《あしきかみ》〟で、牛と交わっては麟《りん》を生み、馬と交わっては竜馬《りょうめ》を生むと言われておる。そなたが男前だから欲情したのじゃ」

美女だと思っていた女は、牛とも馬ともセックスする蛇の淫乱ババアだったのです（よみ方は違えど、坂本竜馬の竜馬って、大蛇と馬がセックスして生まれた生き物のことなんですね）。

この一件で豊雄に同情が集まり、実家に戻った彼は富子という妻を迎え、しばらくは平穏に暮らしていた。ところがそこにもまたあの女がやって来る。しかもこいつ、今度は豊雄の妻の体に

憑依《ひょうい》して、

「よくも私を裏切って、こんなつまらぬ女を可愛がるとは、あなた以上にこの女が憎い」

と言う。『源氏物語』で、源氏の愛人や正妻を取り殺した六条御息所《ろくじょうのみやすどころ》の昔から、こういう時、女の憎悪は男ではなく、女に向かうんですね。その時、豊雄がとった行動はしかし、拒絶ではなく、受容でした。

「富子の命は助けてくれ。その上で私をどこへなりとも連れて行くがいい」

今まで何一つとして責任を負うことのなかったニートの豊雄が、体を張って妻の命を守ろうとしたのです。

結局、豊雄のことばに喜んだ女の隙をつく形で、道成寺《どうじょうじ》の老僧の助けによって、彼女の本体である蛇体は鉢の中に封じ込められます。道成寺説話（→第五章2話）が下敷きにされているわけです。こうして豊雄は女の魔の手から逃れますが、体を乗っ取られた妻の富子は死んでしまいます（ちなみに豊雄自身は天寿をまっとうした、と描かれます）。

思うにこの話、どこまでもつきまとうストーカーを蛇で表現したのでしょう。結婚前に遊んだ女がストーカーになって、妻の命を奪った話として読むこともできます。

それにつけても、美女の甘いことばには要注意。女のほうからセックスを持ちかけられたら、十中八九、恐ろしい罠が待ち受けていると考えて間違いないのです。

9 祈って幽霊と契る男『伽婢子』

危ない女がいれば、危ない男がいる。「牡丹灯籠」の美女や『雨月《うげつ》物語』の「蛇性《じゃせい》の婬《いん》」の蛇女も危ない女ですが、そんな彼女たちとセックスしてしまう男たちもまた向こう側の人間……危ない男と言えるのではないか。

それでも彼らは、女のほうから迫られただけ、まだまともです。

古典文学には、自ら望んで「危険な女」とセックスしたがる「さらに危険な男」がいる。

江戸初期の『伽婢子《おとぎぼうこ》』の「祈《いのり》て幽霊に契る」はタイトル通り、幽霊とセックスしたいと祈って叶えられた男の話です。十五歳の弥子《いやこ》は〝たぐひなき美人〟で、性格も良く優雅だったので、見る人聞く人誰もが思いをかけ、心を悩ます存在でした。彼女の家に仕えるお小姓もその一人で、彼が弥子にラブレターを送ったところ、それが発覚し、なんと小姓は首をはねられてしまいます。

百日後、弥子もまた帰らぬ人となってしまう。当然のように、小姓の祟《たた》りと囁《ささや》かれました。

この話を聞いた新六郎という男が、

「たとえ幽霊でも、そんな美人に逢ってセックスできたら、さぞかし嬉しいことだろう。今生《こんじょう》の思い出としてこれに勝るものはあるまい」

と思い込む。そして朝夕、香をたき、花を手向けて、美人幽霊と逢えるよう祈っていた。

美人なら幽霊でもいいんですかね。この時点で新六郎、おかしいです。そしてそんなおかしな新六郎の祈りは叶えられてしまいます。

この世のものとは思えぬ美少女がお供の女の子を連れて現れるんです。新六郎の必死の願いが冥界に届いたのです。

弥子の幽霊であると確信した新六郎は、さっそく女の手を取って、〝時うつるまで〟と言いますから二時間、契りをかわします。二時間というところが生々しいです。女は帰り際、

「私がここに来ることを決して人に漏らさないでください」

と言って、明け方に帰っては夕暮れに来るということが六十日間続きます。

そんなある日、新六郎は女のことばを忘れ、このことを人に語ってしまいます。「開けるな」と言われた玉手箱を開けてしまった浦島太郎といい、「見るな」と言われた黄泉の国の妻を見てしまったイザナキの昔から、こういう時、必ず男は約束を忘れてしまう。

わざとか？とも思うんですが、こういう「肝心の所で抜けている」のが、危ない女にひっかかる男の特徴です。もっとも新六郎の場合、危ない女と知りながら自ら飛び込んだ道なのですが……。

いずれにしても、男が女の約束を破った場合、必ずホラーなことが男に起きるというのが定番。

新六郎も幽霊女に、

「もう逢えない」

と金の香箱を渡される。それを開けると、白髪のお爺さんに？とドキドキしながら読み進めると、新六郎はお返しに珊瑚《さんご》や琥珀《こはく》、金銀をちりばめた数珠を女に。要するに互いに形見の品を交換しただけで、

「次の〝甲子《きのへね》〟の年までお待ち下さい」

と、涙と共に言い残して女は消えてしまう。

新六郎はその後、鬱《うつ》状態になるも快復。今度は、弥子を祟ったお小姓の霊を見るものの、太刀を抜くと消え失せ、供養をすると二度と霊は現れなかった、というところで話は終わる。

要するに新六郎は美人幽霊とセックスしたという貴重な体験をしただけで、無傷で終わるんです。

これって彼の危険度のほうが幽霊よりも一枚上手《うわて》だったから、ではないでしょうか。

そういえば、日本最古の仏教説話集『日本霊異記《にほんりょういき》』中巻には、山寺の吉祥天女像に恋し、

「天女のように顔の綺麗な女を私に下さい」（〝天女の如き容好《かほよ》き女を我に賜へ〟）

と、一日六度の勤行《ごんぎょう》のたびに仏に祈って叶えられた〝優婆塞《うばそく》〟（在家で仏道を修めた者）が出てきます。吉祥天女像とセックスした夢を見た翌朝、天女像の裳《も》の裾に〝不浄〟（精液）が付いていたため、事の次第を知ったのです。それに対する編者のコメントがふるってる。

「深く信じれば、神仏に通じぬことはないということが、これで分かる」（〝諒《まこと》に委《し》る、深く信ずれば、感の応へぬといふこと无《な》きことを〟）

鬼でも神でも幽霊でも、美人ならセックスしたいと思う、その心意気には神仏も負けるんでしょうか……。

この話をもとにした、平安末期〜鎌倉初期の『古本《こほん》説話集』下の話ではさらにエロ度がエスカレートして、吉祥天女が男（この話では鐘撞き法師）の妻になってくれる。天女のおかげで金持ちになるわ、良いこと尽くめだったのに、それほどの素晴らしい美女と結婚しても男って別の女がほしくなるんですね。追従する者に勧められて雇った女にマッサージさせるうち、ついセックスしたことが天女に発覚。激怒した天女は、

「これ、長年の物」

と、〝白き物〟を二桶置いて消え失せた。桶の物はこの法師の〝淫欲〟（精液）を天女が溜めて置かれたものだった、と。

いや〜生々しい。

この男もその後は別段のことなく、天女と暮らしていた時ほどではなくても、貧しからぬ程度に暮らし、世間の評判も良かったということです。

10『西山物語』の切ない幽霊話

西はロミオとジュリエット、東は源氏と朧月夜《おぼろづきよ》……カタキどうしの家に生まれた男と女が恋に落ちる話は古今東西、ラブストーリーにはつきものです。

それは、「障害があるほど恋は燃える」から。

『雨月《うげつ》物語』で名高い上田秋成《あきなり》の師匠筋に当たる建部綾足《たけべあやたり》の『西山《にしやま》物語』も、同族である男の父と女の兄が不仲となって起きた悲劇です。

男と女は相思相愛、セックスもした仲でした。両家の不仲に、男と逢うことも少なくなって鬱《うつ》状態になった妹を案じた兄は、プライドを捨て、男側に結婚を申し込みます。ところが男の父親は、

「この父と別れるか女と別れるか」

と息子に迫り、情けないことに息子は泣く泣く女に別れの手紙を書きます。家父長制の厳しい武士の家。父親の命令は絶対とはいえ、いかにも情けない、弱い男です。

怒ったのは女の兄。わっと泣き伏す妹に白装束を着せ、共に男の家に乗り込み、再度、結婚を申し込みますが、男の父親は、

「何度言われても同じ事。承諾できぬ」

の一点張り。かねて覚悟の兄は、その場で妹を刺し殺してしまいます。

仮死の薬をのんだジュリエットといい、こういう時、死ぬのは女のほうなんですね。しかし、ロミオと違って、この話の男は後を追う勇気もなく、ただ病に沈み、折から遠国に下る父親にもついて行けぬほどの鬱状態となって、静養のため深草の里（今の京都市伏見区）に移り、死んだ女のもとに行きたいと毎日のように願っていたのです。

こうして春が過ぎ、夏も過ぎて、ようやく涼しい風が吹き始めるようになった秋の夜、いつも以上に亡き女のことが思い出され、男が涙に暮れていると、不意に明かりが消えたので、灯を掻きたてようとしたところ、

「明かりはそのままにして照らさないで」

という声がする。見ると、白装束に身を包んだ女が、つややかな黒髪で、うつ伏せになっている。

「そうおっしゃるのはどなたか。とても暗いのに」

男が言うと、

「忘れ草の種をもうお心に蒔《ま》いてしまわれたようね」

と、ほっそりとした頭を上げた姿は、死んだはずの恋しい女ではありませんか。

女は今は汚《けが》れた国でつらい目にあっていると涙混じりに訴え、しかし少しの隙に現世に戻って恋しい男の顔を見ると苦しさも忘れると言い、ことばを続けます。

「もしいつまでもこうして逢いたいとお思いなら、決して仏の道に入ったりして、悟りの心を持ってくださいますな。たとえ御身を墨染めの衣で包むことになっても、あなたのお心さえ晴れることがなければ、恋しいと思ってくださるあなたのお心につきまとって、何度でも幻の中に在りし姿をお見せしましょう」

そう言いながら、男に寄り添ってきます。さっきの「忘れ草の種」といい、女の言動には、男が自分を愛しているという確信があればこその媚態《びたい》が感じられます。しかも、逢いたければ悟るなとは恐ろしい限りですが、男は〝いとうれしく〟思って言うのです。

「そうとも知らず、その暗く恐ろしい国にお供もしないで、たったひとりで行かせてしまったとは悔やまれる。こうして通っておいでになるのは道も遠いでしょう。おいでの時さえ分かれば、お車で迎えさせます。できればそんな恐ろしい国には帰らず、いつまでもここにいらしてください」

男の狂気にも似た愛のことばに、幽霊女はまた少し泣いて、

「そのように正気をなくしたご様子を見るにつけても、ほんとにとても悲しくて」

と言いつつも、

「日に千度、夜に百度、夢の中でも恋しいと思ってさえくれれば、そのお心が良い迎えの車です。たとえ炎の中におりましても、そのたびごとに通って来ては、あなたのお心に寄り添いましょう。返す返すも私を愛しくお思いなら、お心の悟りを開かないで。もしお心の悟りを開かれた時は、私がこの世に戻る手だてがありません。その時こそは永遠の別れとご覚悟ください」

相手の狂気を案じながらも、相手の成長や安定を犠牲にしてでもつなぎとめておきたいという自己中心性……。幽霊女のことばには恋の真髄が詰まっています。

利己と利他の気持ちに揺れ動く様は、修道僧に恋をした女吸血鬼が、泣きながら、男の血をほんの少しだけ吸うという、フランスのゴーチエの『死霊の恋』さながら。

恋は道徳の埒《らち》外にあって、人を切ない地獄に堕とすのですね……。

恋のない極楽より、たとえ地獄に堕ちようと、恋をまっとうしたいという気持ちは、洋の東西を問わず、人間にはあるというわけです。

ちなみにこの『西山物語』は、実際に起きた事件に取材して書かれたのですが、実は作者の建部綾足には七歳年上の兄嫁との悲恋が伝わっています。兄が仕事で不在の三年間のあいだに、十七、八歳だった綾足と兄嫁とのあいだに恋が生まれ、二人は駆け落ちしようとしたものの、発覚。兄嫁は離縁され、その後、二十九の若さで死んだ。一方の綾足は二十三の若さで唐突に出家したといいます(高田衛校注『西山物語』の解説)。

それが事実なら、物語は、作者自身の体験をも下敷きにしていることになり、幽明境《ゆうめいさかい》を異《こと》にした二人が逢瀬《おうせ》を遂げる場面は、ほかならぬ綾足自身の願望だったと思われて、切なさもひとしおです。

11 独り占めしたい——弱者の怨念『善悪報ばなし』『片仮名本・因果物語』

江戸後期の『東海道四谷怪談』をはじめ、江戸時代の怪談話を読んでいると、つくづく「愛はホラー」だな、と。

たとえば江戸前期の『善悪報《ぜんあくむくい》ばなし』にはこんな話があります。摂州大坂の金持ちが深く思いをかけた女が妊娠した。妻は夫の留守をうかがって、妊娠した女をだましておびき寄せると、部屋に閉じ込め、二、三人の下僕に命じ、手足をとらえて動けぬようにしたあげく、熱した〝火《ひ》熨斗《のし》〟(アイロン)で以て、女の腹を押しのばした。結果、女の腹は、〝膨《ふく》れ裂割《ひわ》れて肉《ししむら》どろけ切れて見へけり〟(膨れ裂け、肉がどろけて、切れて見えた)という惨状となり、わずかに息ばかりは通っているという状態で、母のもとに返したものですから、母の怒るまいことか。あらゆる神社に詣でて、わめき叫び、祠《ほこら》を叩き、躍り上がって、〝我が子のかたきを取りて給はれ〟

と祈り、神前のなま木にクギを打ってあれこれ呪って、そのまま病みつき、死んでしまいます。ほどなく、妻の前に母娘の霊が現れ、責めさいなんだため、妻はおかしくなって、カミソリで自分の腹を切り裂いて即死した。以来、その家には代々霊が絶えない、と言います。

悪いのは夫なのに、弱い立場の妻は夫に言えず、罪も無い愛人を虐待し、さらに弱い立場の愛人の母は我が子を殺した妻を訴えることもできず、霊となって取り殺すしかない。

弱い者が弱い者いじめをするという陰惨な構図は、同じ『善悪報ばなし』の紀州三原（今の和歌山県田辺市）の話にも共通します。

そこでは夫婦が下女を一人使っていましたが、この下女が〝眉目容貌《みめかたち》少し良かりけり〟、ちょっとばかり美人だったため、夫は常々、彼女に情けをかけていました。凄い美人というのではなくて、〝少し〟というのがリアルで、しかもこのほんの少しの美貌が下女を不幸にしたというところに、よけいに不条理と恐怖がある。

というのも、少しばかりの美貌のために男に優しくされた下女は、その妻に〝大きに妬み猜《そね》まれて、男が出かけた隙に、とんでもない目にあってしまうのです。

妻は下女にさまざまな無理難題を言いつけては、頭の髪をつかみ押し伏せたり、できそうにない手業を命じ、できないと五本の指をカナヅチで打ち砕き（！）、だしぬけに誓約書を書かせることがたび重なった。

ひどいモラハラにあった下女は、間もなく病みついてとうとう死んでしまうのです。

江戸文学では、妻の嫉妬にあう下女や妾はほんとに弱くて、ろくな抵抗もできぬまま、すぐに死んでしまう。

その分、怨念は深いという仕組みで、その後、

「これで安心だ」

と大喜びした妻でしたが、やがて指がおかしくなって、どんなに治療をしても悪化するばかり。ついには指先が、

〝ことごとく蛇の如くなりて〟

その指の先から口が開き、〝へらへら〟と舌のようなものが出てきて、絡み合ったり嚙みつき合ったりするので、その指が痛むことといったら、体中が裂けるよう。

〝あら苦しや、悲しや〟

と言いながら、五十日目に妻は死んでしまうのでした。


女が抑圧されていた江戸時代ならでは……と言いたいところですが、やはり江戸前期の『片仮名本・因果物語』には、こんな恐ろしい話もあります。

摂州の善兵衛《ぜんびょうえ》の息子が三十三歳で死んだ時、その嫁はまだ十六歳。子供もいなかったのでしょう、彼女は親元に呼び返されますが、そこへ夫の魂が〝火〟となって、蹴鞠《けまり》のように、地面から一尺ばかり浮かび上がっては、毎晩のように現れて、村境で消える、ということが起きました。

そのうち、娘のもとに、何か〝魘《おそろ》しき物〟が来て、たびたび髪を抜いて行く。

娘は両親に「恐ろしい物が来た」と言って、おびえて臥せっていましたが、とうとう髪の毛をすべて抜かれ尽くして、夫の死後三十日も経たないうちに取り殺されてしまいました。

話はそこで終わりますが、続いて、江戸は鷹師町（鷹匠町のこと。今の神田小川町）のこんな侍

の話が綴られ、読者は、その意味を悟ることになります。

侍は死に際、妻に、「私が死んだら髪を剃り、菩提《ぼだい》を弔《とむら》ってくれ」と言った。妻は承知しながら約束を破ったため、六日目に夫の霊に首を絞められた。妻の兄が、「卑怯者、侍に似合わぬ」と辱《はずかし》めたが、侍の霊は聞き入れず、妻はしだいに弱るばかり。妻の弟が、ハサミを取り出し、姉の髪を残らず切り捨てると、すぐに妻は全快した、といいます。

ここから思うに、摂州の善兵衛の息子も、妻に髪を剃って尼になってもらいたかったのでしょう。

死んでまで妻の貞節を求め、独り占めしようとする男の執念は、夫の愛人や下女を責めさいなむ女の嫉妬心以上の恐ろしさがありますが……ひょっとしたら、妻を取り巻く周囲の人たちが、夫の死後は出家すべしという目で見たり、そうした観念に苦しめられた妻が、精神的に追いつめられた結果、自ら髪を抜いたりパニック状態になったと見ることもできるのではないか。

いずれにしても、女にばかり貞節を強いて、男は複数の女を妊《はら》ませてもオッケーという、父系社会的な性愛観は、ホラーな結果を生みがちなようです。

12 女が悪者にされる社会構造自体がホラー 『諸国百物語』

性愛を突きつめると、親子関係に行き着くものです。

なぜか男に大事にされない女は、小さいころ父親に虐待されていたり、やたらと女にもてる男は、母親に溺愛された過去があったりする。

肌を触れあい、一つ家に同居する親子はまた、とても性的な存在でもあって、歯止めがなければ、親や年長のきょうだいが子や年少のきょうだいを犯し、性的な目で見たりといったことがある。けれど家族間のセックスは家庭崩壊につながるのはもちろん、安全であるはずの家で、家族に犯された子は、死ぬまで苦しむことになる。性のタブーの少ない古代日本で、獣姦と親子間のセックスだけは〝罪〟（『古事記』中巻）とされるのも道理です。


が、古典文学には、親子間のセックスも出てきます。

多いのは実の親子ではなく、継父と継娘など、義理の親子間のセックス。

江戸前期の『諸国百物語』にはこんな話があります。

紀州和歌山に松本《まつもと》屋久兵衛《やきゅうひょうえ》という金持ちがいたが、彼が病死後、残された妻は婿を取って家業を継がせていた。

この婿が、美しく〝成人〟（ここ、語り手的にはポイントなのでしょう）した継娘に〝執心〟し、

〝わりなく契りける〟

「やむにやまれず、無理やり関係を結んだ」と。

ここまでだと、養父の身でありながら、継娘を犯したこの男が悪い、と感じます。

ところが母親（男にとっては妻）は、〝世間の外聞〟を思い、人にも語らず、朝夕胸を焦がしていた。

と、ここに至ると、母親（妻）が悪いというか、なぜ娘を救おうとしなかったのか？　夫を責めなかったのか？という疑問が出てきます。

さらに物語によれば、夫と娘の関係はいつしか世間に広まって、

〝畜生なり〟

と、皆は嘲《あざけ》っていた。近親姦は恥を知らぬケダモノ同然の行為と貶められていたからです。

こうなると、悪いのは世間かという気がしてくるのですが、続く物語はさらに衝撃的です。

このことを思い悩んだ母親は〝気やみ〟（鬱《うつ》）になって死んでしまった。すると娘は、

〝よろこび〟

せっせと母親の葬礼の用意をしたというのです。

はじめは〝わりなく〟（やむにやまれず、無理やり）継父と関係させられた娘は、いつしか継父

と相思相愛になって、実の母の死を喜ぶまでになっていたというわけで、この物語では、明らかに娘は被害者ではなく「悪者」として描かれているのです。

だから当然、話の展開は、娘に不利なものになっていく。

野辺送りを待つ母の死体は、夜半、棺を抜け出して、あたりを見回し、娘と男が寝ている所に出向くと、娘の〝のど首〟を食いちぎった。そうしてまた棺の中に戻った。人々はこれを〝ぜひなき事〟(やむを得ない事)として、母娘を一度に葬った。そしてその家はのちに滅びてしまった、と言います(巻五)。

この話を虚心坦懐《きょしんたんかい》に読めば、継父による継娘への性的虐待話と受け取れるのですが、語り手は、母から男を奪った娘の話、一人の男を巡って母と娘が対立している話として描いている。そのため継父は一切断罪されることなく、女(とくに娘)ばかりが一方的に悪者になっているのです。

いわゆる毒親モノの本などで、母の愛人に犯された娘が、かえって母に「あんたが誘惑した」と非難されたといった告白があるものですが、この語り手はまさにそうした母の視点に立って、娘を断罪しているわけです。

同じように「継父が継娘に性的虐待を働く」話でも、平安中期の『源氏物語』や平安後期の『有明けの別れ』では、やられる娘視点に立って、語り手が継父を断罪しているのとは大違い(↓第三章5話。被害者である娘は『源氏物語』では二十歳を超え『諸国百物語』の継娘と同じく〝成人〟していました)。

本来は、性的虐待の被害者であったはずの娘が、悪役にされる構図は、父から息子へ財産が伝承されるがゆえに、女の地位が低く、居場所のなかった時代なればこそ。その構図自体がホラーですが、現代人から見ると、理不尽というか、不条理に見える性愛話が、江戸時代には多いんです。

同じく『諸国百物語』巻五の紹介する相模国の信久《のぶひさ》という高貴な男を巡る話もその類で、彼の奥方は、

〝かくれなき美人〟（有名な美人）

であり、信久の〝寵愛〟は限りありませんでした。

しかるに屋敷には常盤《ときわ》という腰元がいて、彼女も奥方に劣らぬ美女だったので、信久は時々、常盤のもとに通ってセックスしていた。

信久の情けを受けた常盤は、以来、ますます奥方によく奉公するようになりました。

ところがある時、奥方が発病、しだいに病状が悪化していくので、信久は不思議に思い、

「もしや誰かの〝妬み〟でも受けたのか」

と考えて尊い僧に祈禱《きとう》をさせた。僧が言うには、

「人の〝生霊〟がついている。霊を依《よ》り憑《つ》かせる霊媒を使えば、その犯人が現れるだろう」

「良いようにお頼み申します」

ということになって、僧は十二、三歳の少女を〝はだか〟にし、体中に法華経を書いて、両手

に御幣《ごへい》を持たせ、僧を百二十人集めて法華経を読ませ、病人の枕元に祭壇を飾って百二十の蠟燭《ろうそく》をともし、香を焚《た》き、息もつかずに読経した。すると霊媒の少女に生霊が憑《つ》き、何やら口走るので、僧がさらに読経すると、祭壇の上に腰元の常盤が現れたではありませんか。

「まことの姿を現せ」

僧が言うと、常盤は打ち掛けを着た正装で、上の小袖をばさりと翻した。と同時に百二十の蠟燭が一度に消え失せ、奥方も死んでしまった。無念に思った信久は、常盤を引きずり出し、奥方の追善供養にと、〝牛裂き〟にしたのでした。

この話も本当に恐ろしいというか、突っ込み所満載と言いますか……。

まず、高貴な奥方がいて、それも絶世の美女、あまつさえ愛していながら、ほかに女をもうける信久ってどうなのよ、と。これ、平安末期〜鎌倉初期の『古本説話集』の吉祥天女なら怒って、男の精液をぶちまけて、蒸発してるレベルですよ（→第五章9話）。

まぁ男系のタネを絶やしてはならぬ武家社会なら、より多くの女とセックスしたり、男性優位になるのも仕方ないとはいえ、そもそも妻が発病した時の、

「誰かの〝妬み〟?」

という信久の発想が恐ろしい。妻を妬む相手と言ったら、彼のセックス相手に決まっているじゃありませんか。

坊さんの生霊調伏《ちょうぶく》の仕方もホラーです。十二、三歳の少女を〝はだか〟にと、サラリと書い

てありますが、それ、今なら犯罪です。平安文学にも、物の怪《もののけ》調伏の際は、少年や少女などの児童を、物の怪を依り憑かせる〝よりまし〟（霊媒）にして、病人から物の怪を駆り移し、鎮めるという記述がよくあるし、『北野天神縁起絵巻』には狂乱した女房が上半身裸になるシーンがあるので、物の怪が憑依《ひょうい》したら裸に……ということもあるわけですが、はじめから裸にするのはいかがなものか。しかも「耳なし芳一」よろしく体中にお経を書くというのも怖くてエロい。

何より恐ろしいのは最後のくだり。

あやしげな祈禱で、犯人は常盤だ！（これも坊さんが仕組んだ芝居だと思いますが）となって、蠟燭が消え、奥方が死んでしまう。これ、坊さんのせいじゃないですか？『源氏物語』の夕顔だって凄い怖がりやだったのが、女の霊（文脈からすると六条御息所の生霊）が現れたから、ぶるぶる震えだして死んでしまうわけで、この奥方もただでさえ弱っていたのに、常盤の霊みたいのが現れて恐怖感マックスになったところへ、百二十本の蠟燭が一気に消えたことでショック死したんじゃないか。つまり坊さんのせい。医療事故みたいなものでしょう。

そしてもっと怖いのは、常盤の処刑方法の〝牛裂き〟です。

〝牛裂き〟とは、岩波文庫の注によると、

「罪人の手足に二頭、または四頭の牛をしばりつけ、牛を走らせて、体を裂く処刑。室町時代の処刑法の一つ」（『江戸怪談集』下）

『諸国百物語』は江戸初期に書かれたものですが、中身は室町時代とか戦国時代的な陰惨な雰囲気の漂うものも少なくありませんから、この話も一時代前の設定なのでしょうが……。奥方や信久よりずっと弱い立場の使用人（腰元）がこんな目にあわされるのが恐ろしい。

そうなんです。怖いのは結局そこなんですよ。この手の話って、たいてい被害者は愛人や使用人で、加害者（悪役）は正妻なのですが、この話の場合、奥方が絶世の美女だったところがほかと違う。そしてこのことが夫の愛を深め、悪役であることを逃れさせ、逆に弱者であるはずの使用人が悪役になったのでしょう。

そして、弱者が悪役になるとこんなにも恐ろしいと思うのは、「祟《たた》り」で指が蛇みたいになるとか狂い死にするといった強者＝悪役の場合と違い、あっさり現実に「刑罰」という形で惨殺されてしまうこと。

思うに腰元とヤってた信久は、奥方に対して罪悪感を覚えていたんでしょう。それで奥方の病気を、腰元の妬みによるものと邪推して、その意を汲んだ坊主や霊媒も腰元が犯人と決めつけた。

可哀想なのは罪もない腰元で、信久とセックスして以来、ますます奥方によく仕えるようになったのは、彼女にも奥方への後ろめたさがあったからでしょうが、考えてみれば、嫉妬心や罪悪感を「精励」という前向きな態度に変えたけなげな彼女が、残酷にも牛裂きの刑にされる恐ろしさ。

こうした設定を許す当時の社会構造が、返す返すもホラーです。

13 堅物男の恐ろしさ 『梅花氷裂』

「私にはスケベな気持ちはない」という男が、実はスケベの塊とは言わないまでも、女の気持ちを考慮しない権威主義者であることは、『源氏物語』の薫がそう言いつつ、格下の浮舟とは逢ったその日にセックスし、「なんでそんな田舎で育ったの?」的な無神経なセリフを連発したことからも分かります。

あるいはまた、妻一筋の堅物男が中年になって若く美しい女との性に目覚めると、掌《てのひら》を返したように妻に冷たくなることは、同じく『源氏物語』の鬚黒《ひげくろの》大将が三十二、三歳で二十三の玉鬘《たまかづら》を得るや、年上の妻や子供たちそっちのけで、玉鬘に夢中になってしまったことからも分かります。

江戸時代の『梅花氷裂《ばいかひょうれつ》』の浦右衛門《うらえもん》も私から見るとそんな男です。

浦右衛門は初老というから四十くらい、三十過ぎの妻の桟《かけはし》とは仲睦まじく過ごしていましたが、結婚十年経っても子ができない。そこで彼は妻に「妾を持ちたい」と申し出る。その時、彼が強調したのが、〝我露ばかりも色をむさぼる心なし〟ということ。自分がこんな提案をしたのは決してスケベな心からではない、武士として跡継ぎがほしいからだというのです。

確かに武士に跡継ぎは必要、妻としても反対する理由はなく、快く許してあげます。

そうしてやって来た妾は、母のために金を稼ぎたいという十七歳の美女でした。

貧しい彼女は化粧もせず、みすぼらしい服装でしたが、天然の美を備えている。キャバクラの女が清楚な格好で「親孝行のために働いてるの」と言ってるようなもので、男を誑《たら》す一つのテクのようにも私には思えるのですが、浦右衛門は、

「妾になどなる女は厚化粧で人の目を引こうとするものなのに、この女はかえって生来の美貌を隠そうとする心根が奥ゆかしい。美人過ぎる点は私の希望に添わないが、親のために働きたいという気持ちがいじらしい」

とコロッと参ってしまうのですから、堅物男はちょろいものです。

こうして迎えられた妾はすぐさま妊娠。なにしろ十七歳の美女ですから、夜ごと浦右衛門も励んだのでしょう。妻の気持ちを思うと涙が出ますが、妻と妾の関係も、浦右衛門から見ると良好だったのです。

そんな中、急な仕事で浦右衛門は何ヶ月も家を留守にすることになります。その時、彼は妾に言いました。

「お前を妾にしたのは〝色をむさぼる〟ためではない。跡継ぎをもうけるためだから、今度のお産はお前の最大の仕事である。体調や食事に気をつけて安産するのだぞ」

浦右衛門、「自分はスケベ心から妾を迎えたんじゃない」と再三、強調しています。すればす

るほど、私は勘ぐりたくなりますが……。

そんな浦右衛門、妻には一言、

「私の留守中は金魚を大事にしてくれ」と。

浦右衛門は主人から珍しい金魚を頂戴し大切に育てていたのです。それにしたって、私が妻なら悲しいです。私の体調も気づかってよ、と言いたくもなります。『源氏物語』の鬚黒が、若い玉鬘に夢中になるあまり、妻の嘆きを顧みない様子を、語り手は、

「これが、恋愛馴れした、情に引かれやすいところのある人なら、あれやこれやと人のために恥になるようなことを推しはかり、思いやったりするのだが、鬚黒大将は真面目一徹で融通のきかない性格なので、人の気持ちを逆撫ですることが多いのだ」（「真木柱《まきばしら》」巻）

と評したもの。つまり堅物は人の気持ちを思いやれない、と。それと似たような性質が、浦右衛門にはあるような気がして、堅物男の残酷さを感じます。

しかし、浦右衛門の妻は偉かった。

夫の言いつけを守り、文句も言わずに一月ばかりは平和に過ごしていたのです。

ところが……。

ある日、隣の猫が大事な金魚を一匹くわえて行ったではありませんか。夫に金魚の世話を言いつけられた妻があわてて追いかけると、逃げる猫に剣を投げ、助太刀してくれる男が現れた。男の名は蓑文太《さぶんた》。二十一歳の〝世にまれなる美男〟です。

その男が、

「あんたは近い将来、夫の浦右衛門と妾に殺されるよ」

と言って、

「これ、うちに間違って届けられた手紙なんだけど、ご主人の筆跡でしょ」

と見せた手紙の文面は、

「私が仕事から戻ったら、かねて言い合わせていた通り、妻の栈を毒殺し、あなたを本妻にしよう」

というもの。栈の驚くまいことか。ショックで青くなっているところに、蓑文太は、

「奥さんのこと、ずっと好きだったんだ。こんな女性を妻にしたいと思っていた」

と口説いてくる。

夫しか知らない栈はうつむいていましたが、その夜以来、二人は男女の仲に。

無理もありませんよ。夫は妾とよろしくやっていて、孤独な夜を過ごしていたところに、若いイケメンに「好きだ」と言われ、しかも「夫と妾はあんたを殺そうとしている（だから、あんただって夫を裏切っていいんだ）」という言い訳まで用意してくれている。

無骨な夫と違い、蓑文太の若い体とテクニックに、栈の身も心も〝烈火《れつくは》にあへる蠟《ろう》のごとくとろけて〟（激しい火にあぶられたロウのようにとろけて）いったのです。

そして蓑文太にそそのかされた彼女は、妾を土蔵に閉じ込めて、

「口にてぬぐいを押し込み、衣服を剝《は》いで丸裸にし、荒縄できつつく縛って梁《はり》につるし、竹の鞭《むち》で顔も体もそこいら中、力一杯打った」

『梅花氷裂』から（早稲田大学図書館蔵）

結果、

「哀れ、妾の花のような顔は腫れ上がり、額も頬も盛り上がって、眼の玉も飛び出て」

「白肌の皮は破れ、濃い紅の血を流し」

という惨状になる。

　仲良くしているように見せて、妻は妾が憎かったんでしょう。その妾が夫と共謀して自分を殺そうとしているとなれば、許す道理もありません。しかし、妾は知らぬ存ぜぬの一点張りのまま、三日が経ちます。

　飢えた妾は必死の思いで這いだして、縛られたまま金魚の水槽の水をのんでいた。そこを桟と蓑文太に見つかって、腹をしたたかに蹴られ、破れた横腹から出てきた男児ともども、殺されてしまいます。

　その妾の魂が金魚に乗り移り、その祟《たた》りでのちに桟は金魚のように腹や眼の玉が飛び出る病気になって、家から持ち出した三百両も蓑文太に取られた上（その金はのちに盗人にとられてしまう）、彼に虐殺されてしまいます。

実は蓑文太はとんでもない悪党で、浦右衛門の手紙も、彼の財産を奪うため、その筆跡を真似た偽手紙だったのです。つまり浦右衛門も妾も無実で、桟はだまされていた。しかも浦右衛門も蓑文太に殺されてしまうという何とも救いのない物語なのですが……。

拙著『本当はエロかった昔の日本』等で紹介した江戸後期の『浅間嶽面影草紙《あさまがだけおもかげそうし》』及び後編『逢《おう》州執著譚《しゅうしゅうじゃくものがたり》』では、好きな女（側室）がいながら権力者の娘を正妻にした男のせいで、正妻と側室が毒薬や祟りで醜くなって破滅する一方、争いを招いた男自身は無傷であるのと比べれば、『梅花氷裂』の場合、夫も死ぬだけ、「まし」とも言えます。


江戸時代は、美女が毒薬や祟りで二目と見られぬ醜女になるとか、体をバラバラにされて殺されるとか、エログロな物語が流行しました。そこには「女性嫌悪」のような感情も感じられますが、残虐シーンは物語の見せ場でもあったのでしょう。その場面を描いた『梅花氷裂』の挿絵は生々しくも美しいのです。

14　一茶のセックス日記『七番日記』

〝我《われ》と来て遊べや親のない雀《すずめ》〟

〝名月を取てくれろとなく子哉《かな》〟

そんなほのぼの系の俳句で名高い小林一茶《いっさ》が、遺産相続を巡り、継母や異母弟と十数年も争っていたのは有名な話です。争いが解決して屋敷半分を相続したのは数えで五十二歳の時。結婚したのも同年です。五十二といえば、今だって孫がいる人もちらほらいるのに、まして江戸時代の一茶が性に執着するのも無理からぬ話。そのせいなのか、おびただしいセックスの回数を記録していたのもまた有名な話です。

四十八歳の正月から五十六歳の末までを記録した『七番日記』は、句と共に、天気や出来事、事件のほか、房事の回数が記されているいわばセックス日記。

結婚当時二十八、つまり二十四歳年下の妻の月経に関する記録もあるのは妊娠を望んでいたのでしょうが、五十四でやっと授かった長男は一月足らずで死去。その十五日後には強壮剤として用いられた〝婬羊藿《いんようかく》〟（イカリソウ）を山で採ったという記述がある。子が欲しいと必死だったのか、それとも長年の独身生活の反動で性を貪《むさぼ》りたかったのか。その年の八月は、八日〝夜五交合〟

つまり夜に五回セックス、十二日〝夜三交〟、十五日〝三交〟、十六日〝三交〟、十七日〝夜三交、十八日〝夜三交〟、十九日〝三交〟、二十日〝三交〟、二十一日〝四交〟、と、十五日から二十一日に至っては一週間毎日ぶっ続け（一週間でなんと二十二回の計算です）。盛りのついた思春期の少年も顔負けなほど、おびただしい数のセックスが昼夜を問わず記録されています。

一茶のセックスは短期集中型のようで、翌年五十五歳の八月にもまた、十四日〝三交〟、十五日〝二交〟と二日で五回のセックスが記録され、十二月には精のつく〝黄精《ところ》〟を酒に漬けたものを食べ、十五日〝暁（明け方）一交〟、二十一日〝暁一交〟、二十三日〝旦（朝）一交〟、二十四日〝旦一交〟、二十五日〝旦一交〟と、朝から連日励み、二十九日には〝五交〟という頑張りを見せています。

そのかいあって、翌年五月、妻は長女さとを出産。『おらが春』はその翌年の一年間の句文集で、さとの愛らしい姿が活写されています。

が、このさとも初めての誕生日を迎えた一月半後、死んでしまう。

その後も次男は母の背中で二歳で窒息死。

三男の生まれた翌年に妻が三十七で死去、同じ年の暮れ、三男も死去。

遅い結婚をした一茶は四人の子をもうけるものの、その全員を二歳以下で亡くし、妻をも亡くしてしまいます。

一茶は六十二歳で二人目の妻（三十八歳）を迎えますが、三ヶ月足らずでスピード離婚。

六十四歳で三人目の妻（三十二歳・連れ子あり）と結婚した翌年、六十五歳で死んでしまいます。

その翌年、三人目の妻とのあいだにできた次女が誕生。一茶の子供たちの中で、この五人目の、父の顔を知らない次女だけが、四十六歳の人生を生き抜いたのは、皮肉なことです。

ちなみに一茶は歯が悪く、『我春集《わがはるしゅう》』によれば、四十九歳の時、きせるの掃除をしようと入れた竹が抜けなくなったので、奥歯でくわえて引き抜こうとしたところ、竹は抜けずに歯が〝めりく〵〟と抜け落ちた。『七番日記』によればこの歯は最後の一本。五十二歳の結婚時は歯が一本もなかったわけです。

一茶が入れ歯を作ったかどうかは分かりませんが、作っていなかったとしたら、一本も歯がない状態でセックスに励んでいたわけで、その姿を想像すると、鬼気迫るものがあります。

15 蛇の祟り 『おらが春』

『七番日記』で性への強い執着を見せた一茶《いっさ》は、『おらが春』にこんな話を綴っています。

信濃の国の墨坂《すざか》(今の長野県須坂市)に、中村という医師がいた。その父がふざけて〝蛇のつるみたる〟(交尾中の蛇)を打ち殺した。その晩、〝かくれ所の物〟(ちん)が〝づきく〟痛みだし、とうとう腐って、〝ころり〟と落ちて死んでしまった。

その子は、親の医業を継いだが、ちんが〝並みく〟より優れ、〝ふとくたくましき松茸のやうなるもの〟を持っていた。

ところが、結婚し、はじめてセックスしようとしたところ、棒を立てたような立派なちんが、たちまち〝めそくと小さく〟、灯火の芯のように〝ふはく〟としてまったく役に立たない。

恥ずかしく、もどかしく、いまいましく、「女を替えれば役に立つかもしれない」と、百人ばかりもとっかえひっかえ妾を作ったが、皆、同じような結果だったので、狂ったようにいらだって、今は独り身で暮らしている。

「これはあの蛇の執念が、その家や血筋を絶やそうとしているのだろう」と、人々はひそかに噂したといいます。

セックス中の蛇を殺したせいで、その息子まで祟《たた》られるとは恐ろしい限りですが、この話を受けて一茶はこうコメントしています。

「生きとし生けるものは、ノミやシラミに至るまで、命が惜しいのは人と同じだろう。まして、〝つるみたる〟（セックスしている）のを殺すのは、罪深いことに違いない」

昔の人は殺生を戒める仏教を信じていたわりには、現代人と比べると、動物を簡単に殺していました。そんな中、ミカドの飼い猫を追いかけ、殺された犬（実は生きていた）への共感と同情を描いた平安中期の『枕草子』、動物は人より愚かだからこそ命を惜しむ気持ちも強いのだからそれを苦しめることは痛ましいとした鎌倉末期の『徒然草』など、有名な古典文学には動物愛護の精神が垣間見えます。

一茶の意見もその流れながら、とくに「セックス中を殺すのは罪深い」としているところに、一茶ならではの道徳観、庶民の動物観がうかがえて、共感を覚えるのです。


蛇とちんは相似形ゆえ、結びつきやすいのでしょう。

一茶の時代からさかのぼること約七百年、平安後期の『今昔《こんじゃく》物語集』巻第二十九にはこんな話もあります。

ある高貴な僧に仕える若い僧は妻子持ちだったが、主人のお供で三井寺《みいでら》に赴いた時、夏のころで昼間から眠くなって、人けのない場所で昼寝していた。そこへ美しい若い女がやって来て、思う存分セックスし、射精した、と思ったところで目が醒めると、横に五尺（約一・五メートル）ばかりの蛇がいた。驚いて、がばと起きて見ると、蛇は死んで口を開けていた。自分の前を見ると精液で濡れている。一方の蛇は精液を口から吐き出している。

「なんと、私が熟睡しているあいだに、〝閛《まら》〟が勃起したのを蛇が見て、近づいて来て呑み込んだのを、女とセックスしていると思っていたのだ。そして射精した時、蛇が耐えられなくなって死んだのだ」

恐ろしくなった僧はその場を逃げだし、ちんをよくよく洗って、

「誰かに言いたい。しかしこんなことを人に話したら、あいつは蛇とヤった男だと噂されるのもイヤだ」

僧は思ったものの、ついに親友の僧に話して聞かせた。聞いた僧もひどく怖がっていたと。

物語の編者は、

「こういうわけだから、人けのない所でひとりで昼寝などしてはいけない」

と言い、

「畜生は人の精液を受けると、耐えられずに必ず死ぬのである」

と、コメントしています。

この話などは、殺された蛇の祟《たた》りでちんがダメになるのとは逆に、ちんに蛇が殺された形で、どっちにしても蛇は殺されるわけですが、僧に悪気はなかったせいでしょうか、とくに祟りなどは受けていません。

16 戸塚の大金玉 『東海道中膝栗毛』『想山著聞奇集』

神奈川県の戸塚《とつか》は、東海道の宿場として賑わった町です。江戸時代、この戸塚の最大の名物は大金玉の〝乞食〟でした。

弥次さん喜多さんで有名な『東海道中膝栗毛《ひざくりげ》』にも〝大きんたまの名ある戸塚に〟とあって、戸塚といえば大金玉、大金玉といえば戸塚だったんです！

江戸末期の『想山著聞奇集《しょうざんちょもんきしゅう》』によると、戸塚の大金玉の起こりは元禄（一六八八～一七〇四）のころで、戸塚宿に〝大睾丸の乞食〟がいた。それが明和・安永（一七六四～一七八一）のころ、二代目の大金玉が出現、著者の三好想山の父によれば、〝べら〳〵つんだせ戸塚の金玉〟という流行歌にもなったという〝名高き玉〟だったのです。

戸塚の大金玉乞食は、米の二、三斗（三十～四十五キロ）ほども入りそうな金玉の持ち主でしたが、朝方から昼の三時頃には〝甚だ大きく〟、夕刻になるとだんだんと玉が縮んで半分くらいになる。その玉を袋に入れ、首に懸けて家に帰り、また朝になると定位置にやって来て物乞いをしていた。

ある時、オランダ人が通りかかって、

「これは実に気の毒だ」と、通訳を通じて治療を申し出たところ、大金玉乞食はこう言いました。

「お気持ちはありがたいのですが、私は何の芸もなく、幸い今は金玉のおかげでたくさん施しを受け、食べるに困らぬ身の上です。治療は遠慮させてください」

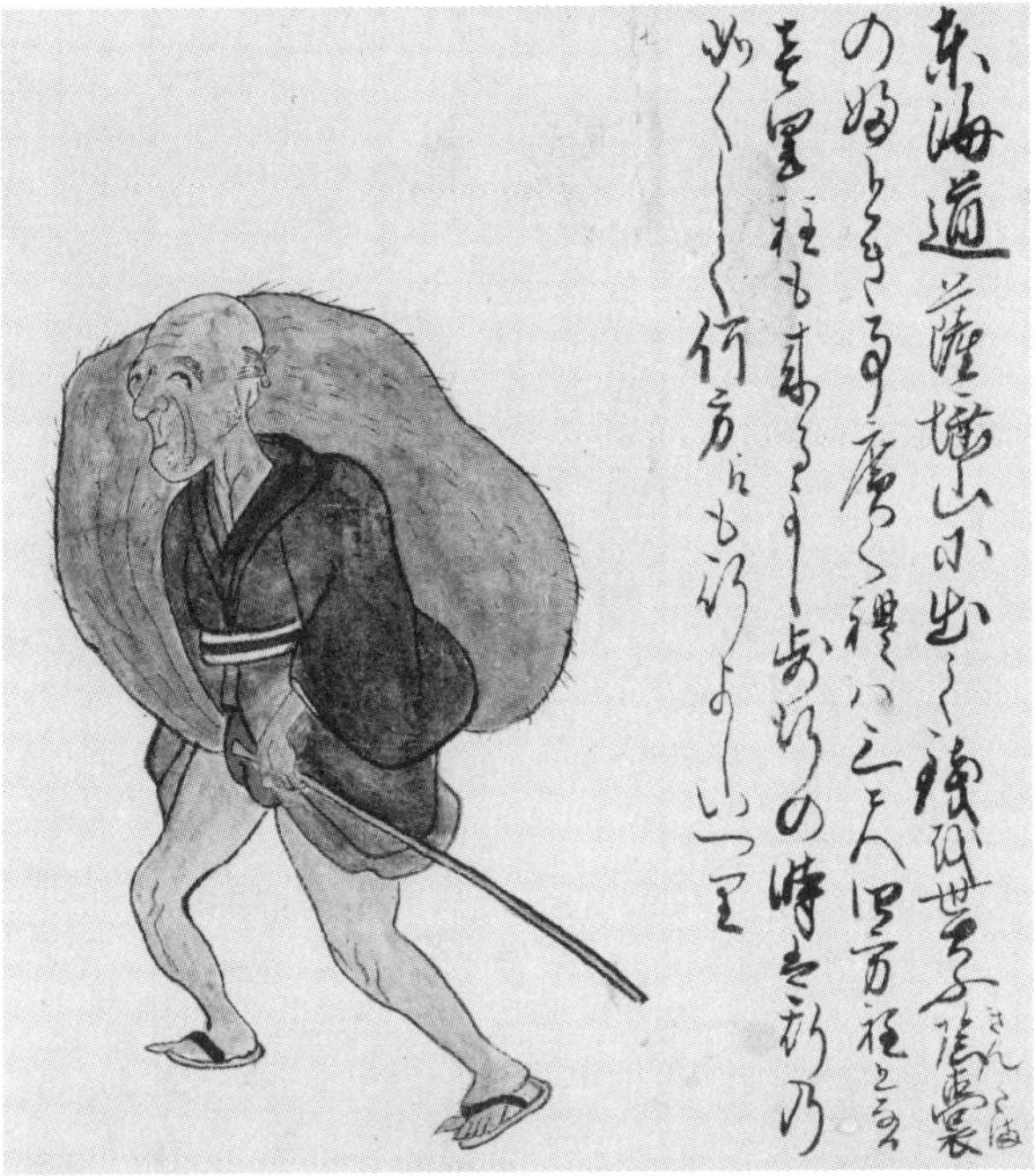

『怪奇談絵詞』から東海道・薩埵山の大金玉（福岡市博物館蔵）

金玉はメシのタネなので治療無用というわけです。

戸塚の大金玉の乞食は三代目もいて、想山の友達が文化十二（一八一五）年三月に見ている。

大金玉は戸塚の名物として引き継がれていたんですね。

そんなに金玉はもうかるのか。でかい金玉を見たい人がいたのか？と思うんですが、これがいたんです。

戦国時代の笑い話を集めた『醒《せい》睡笑《すいしょう》』にも〝大陰嚢《おほへのこ》〟つまり大金玉の男がいて、

〝見たきことに思ふ者多かりき〟

と。こちらは実際に見たら「噂ほどではなかった」という落ちですが、大金玉に大きな需要があったことは確かです。233ページの図は、『怪奇談絵詞』の大金玉乞食。東海道の薩埵《さった》山（静岡県）に出て物乞いしていたといい、戸塚以外にも大金玉乞食がいたことが分かります。

こんなふうに大人気の大金玉でしたが、金玉が異常にでかくなるというのは実は〝疝気《せんき》〟といって、水が溜まったり腫瘍や寄生虫が原因で陰嚢が腫れる病気です。戸塚の大金玉乞食にオランダ人が治療を申し出たのもそんなわけなんです。

『想山著聞奇集』の大金玉（富山大学附属図書館蔵）

『想山著聞奇集』にはこの病気にまつわる恐ろしい話もあって、想山の知人が伊豆にいた頃、隣家に〝疝気〟のせいで金玉が米五斗（七十五キロ）を袋に入れたようなでかさになった男がいた。形は丸く、足を前へ投げ出して座ると、頭より金玉が上にきて、前から見ると金玉で体が隠れるほどだった。この男は、その金玉と胴のあいだから手を伸ばし、金玉を脇腹へどけて、草履やワラジを作って売り、生計を立てていました。

それがある年の十一月二日の夜のこと。この大金玉男の家の裏で宴会があり、夜がふけた頃、皆の酔いが回って、〝大玉〟を呼べということになった。金玉が見たかったんですね。というか、〝大玉〟って呼び名、人に対して失礼ですよね。で、この男を見た名主(地主)が戯れに、「この玉はあまりに見事だ。五百両で売ってくれ」と言いだした。

すると大金玉の男、「私の玉は伊豆の名物。五百両や千両じゃ売れない。三千両なら売ってあげましょう」「それは高すぎる」と結局、千両で売ることになった。

江戸後期の一両は約五万円ですから、約五千万円で売ったわけです。

ところがその後、名主の金玉が痛みだし、だんだん大きくなって、ついには大きな茶釜ほどになってしまった。一方、もとの男の金玉はだんだん縮んで、三年後には普通になった。名主の玉は大きくなったとはいえ、大金玉の男の三分の一ほどで、なんとも中途半端なまま過ごす羽目になってしまった。

「ふざけてこんな申し出をすべきではない」と想山は言いますが、これって、ちょっとしたホラーじゃないですか？

歌コラム　その３

夜の衣を裏返して寝る　恋しい人が現れる前兆

『古今和歌集』巻第十二

〝いとせめて恋しきときはうばたまの夜の衣《ころも》を返してぞ着る〟

（あまりに恋しさがつのる時は、夜の衣を裏返しに着て寝る）

蜘蛛《くも》の動きが活発になる、眉を掻く、くしゃみが出る　下紐が解ける……これらはすべて「恋しい人に逢える前兆」です。とはいえ、皆、自然現象に近いもので、眉を掻くというのも眉がかゆければこそ。自分でコントロールできるものではありません。

そこで昔の人が考えたのは、なんとかして恋しい人に逢えるおまじないはないか、ということ。

それがこの歌にある「〝夜の衣〟を裏返しに着る」です。

ねまきを裏返しに着ると、恋しい人に逢えるという俗信があって、あえてそれをしているんですね。セックスすると、着物が脱げて、裏返しになってしまうから、あらかじめその状態にすれば、セックスできるということなんでしょうか。

詠み手は絶世の美女で有名な小野小町。

恋しさでどうにもならない時は、パジャマを裏返して寝るといいかもしれません。

おわりに

世界のセックス頻度といった調査ではたいてい日本人は最下位です。

けれど日本の古典文学を読むと、昔の日本人はセックスのことばかり考えていたんじゃないかと錯覚するほど「ちんまん満載」。

見てきたように、『古事記』や『日本書紀』によれば、日本の国や神々はイザナキとイザナミという夫婦神のセックスによって生まれていて、そんな神話が国の正史として認められている。ほかにも、堅いちんを擬人化した漢詩とか（「鉄槌伝《てっついでん》」）、仏に祈って吉祥天女とセックスした人の話とか（『日本霊異記《にほんりょういき》』）、「一生仏を信じません」と誓ってちんを消す術を習得する人の話とか（『今昔《こんじゃく》物語集』）、古典文学にはこんなに豊かな性の世界が広がっているのに、なんで世界に名だたるセックスレス大国になってしまったのか……。

部屋が狭いとか、子供が生まれるとパパ・ママになってしまうとか、理由はいろいろあるんでしょうが、一言でいえばセックスしないでも夫婦関係が存続できるからなんでしょうね。ドイツ人女性と結婚した私の知り合いなんて、三週間セックスしないと「病院行けば」と言われるそうです。朝ご飯を食べるように、夫婦ならセックスが当たり前という感覚なんだとか。

それに対して現代日本では、セックスが夫婦の絆という考え方があまりない。セックスしないでも、「離婚しよう」と言われる心配がない。相手が他人にとられてしまうという心配も少ないんでしょう。

結婚と性愛を分けすぎているというのもある。

あの女は恋愛には向いてるけど、結婚には向いていない、とか。

これが『古事記』の時代なら、〝まぐはひ〟ということば一つとっても、目と目を合わせて見つめ合い、セックスして結婚……というところまでが含まれている。平安時代になっても、男が女のもとに三日通ったら、つまり三日セックスしたら結婚成立……というふうに、性愛＝結婚という名残がありました。

その分、結婚の意味が軽くて、男が複数の女のもとに通える一方、女のほうでも夫に内緒で男を通わせるなんてことがあった。平安中期の『後撰和歌集』には、「間男《まおとこ》を通わせた女に、乱暴な言い方ではなく問うてみたが、ものも言わなかったので」（〝みそか男《をとこ》したる女を、あらくは言はで問へど、物も言はざりければ〟）なんて詞書きの歌があります。浮気した女を問いつめたら機嫌が悪くなったんですね。浮気されるほうが悪いという発想です。

離婚・再婚も物凄く多かった。

こういう時代なら、日本もセックスレスではなかったと思うんです。

反面、セックスが盛んな社会というのは性愛に手抜きしにくい社会でもあるわけで、そう考えると、セックスレスもラクでいいなという気もしてくるんですが、セックスの頻度と幸福感は比例するという統計もある。

だからといってセックスの回数を増やせばいいのかというとそういうものでもない気がしますし、そもそもセックスには相手も必要です。

が、エロなら補えるはず。

ということで、古典でエロをチャージしようというコンセプトのもと、書き始めた本稿ではありました。

そんな実用的な目的（？）を度外視しても、古典文学に描かれた豊かな性愛の世界を知らずに死ぬのはあまりにもったいないの一心でここまで書き進めてきました。

日本にはこんなに面白い世界があったのか！と驚く読者の姿を想像しながら、にやにや筆を擱《お》くことにします。

大塚ひかり

ちんまん年表　（二—2は第二章2話という意味です）

四世紀『**捜神記**』中国の奇談集
竹の中の大男（『竹取物語』の源流？）、羽衣を着た男に犯された男　二—2
馬と結婚する約束を破り蚕になる娘（「おしらさま」の原流）　五—5

六世紀『**文選**』中国の詩文集
「登徒子好色賦」ブスとセックスする男こそ好色　三—4

七一二年『**古事記**』編纂
夫婦神の性愛で日本国と神々が誕生　一—1
イザナミ、出産でまん（女性器。以下同）が焼けて死ぬ　一—2
男装のアマテラスと弟スサノヲの子作り　一—3
まんで太陽神をおびき出す　一—4
スサノヲ、尻から食べ物を出す女神を殺害、地上で乙女を救い結婚　一—5
オホナムヂ（オホクニヌシ）のモテ話（因幡の白ウサギ）　一—6
オホナムヂ（オホクニヌシ）、土地の有力者（女）との結婚で勢力拡大　一—7
アマテラスの孫ニニギ降臨。アメノウズメとサルタビコ　一—8
ニニギ、ブスを棄て、美人の一夜孕みを疑う　一—9
山幸彦、姻族の力で兄海幸を制圧　一—10
山幸彦の妻トヨタマビメの正体はワニ（サメ）、神武天皇の皇后は大便中にまんをつつかれた美女から生まれた子　一—11
ホムチワケ、正体が蛇の女とセックスし追われる（道成寺説話の祖型？）　五—2

親子間のセックスと獣姦はタブー　五―5
山幸彦と垂仁天皇の皇子のセックス相手の正体はそれぞれワニ(サメ)と蛇　五―5

七一三年『**風土記**』の提出を諸国に命ず
『**播磨国風土記**』
犯された女の〝ほと〟(まん)が裂けたことから地名誕生　一―6、二―4
オホナムヂ(オホクニヌシ)、大便を我慢できずスクナビコナに負ける　一―13
『**出雲国風土記**』
スサノヲ、髪に飾りをつけ踊る　一―5
オホナムヂ(オホクニヌシ)は超ＶＩＰ扱い　一―13
『**常陸国風土記**』
大小便をかけると祟る神　一―12
『**丹後国風土記**』**逸文**
浦の嶋子、亀に化けた〝神女〟とセックス(浦島太郎の源流)　五―6

七二〇年『**日本書紀**』編纂
皇女、箸でまんをついて死去　一―2

アメノウズメ、ストリップでサルタビコを懐柔　一―8
雄略天皇、一夜孕みを疑う　一―9
海幸山幸神話。兄弟が相談して道具を交換した設定。一―10
〝あづなひの罪〟は男色の罪の意？　一―13

八世紀後半『**万葉集**』
豊満美女や同性愛的な歌も　二―1

八二二年ころ『**日本霊異記**』
エログロな実例集で因果応報を説く　四―3
祈って吉祥天女の像とセックスした男　五―9

九世紀半ば？『**催馬楽**』
〝くぼ〟(まん)の呼び名の歌(「陰名」)　二―5、二―7
『源氏物語』にも引用された男女の性愛の歌(「東屋」)　二―7

九世紀後半～十世紀半ば？『**竹取物語**』

竹取翁のエロいセリフ　二―2
十世紀初頭『**伊勢物語**』
昔の人のほうがエロかった　二―3
在原業平、老女とセックス　二―9
十世紀『**落窪物語**』
落窪の意味　二―7
エロ爺を使って継子にセクハラ　二―9
九五八年以前『**後撰和歌集**』
浮気がばれて開き直る女　おわりに
九七四年以後『**蜻蛉日記**』
道綱母、夫の愛人の子が死に、喜ぶ　二―5
十世紀後半『**うつほ物語**』
天皇の母后、〝つび〟(まん)〝ふぐり〟(金玉)を連発
二―5
大貴族、息子に不倫を勧める　二―9
九八四年『**医心方**』
セックスによる健康法　二―6
九八五年『**往生要集**』
エログロな地獄を紹介　四―4
平安中期『**将門記**』
平貞盛の妻、将門の兵卒にレイプされる　二―4
一〇〇〇年ころ『**枕草子**』
憎い奴がひどい目にあうのは〝うれし〟　二―5
一〇〇八年ころ『**源氏物語**』
十九の源氏、五十七、八の源典侍とセックス　二―
7、二―9、五―2
源氏の母、ミカドに偏愛され衰弱死　三―1
源氏、十歳の紫の上と同衾　三―2
物語に描かれる処女たち　三―3
源氏、ブス三人とセックス　三―4
源氏、養女の玉鬘に性的虐待　三―5
薫、亡き大君の異母妹を大君の身代わり人形に　三

—6
『源氏物語』の「身代わり女」と「不倫」　三—7
六条御息所の死霊、子への愛より男への恨みが残ると訴える　五—1
一〇一〇年以後『**紫式部日記**』
若い人の保守化傾向　二—3
十一世紀『**栄花物語**』
花山天皇の偏愛（源氏の母の愛され方と似る）　三—1
十一世紀半ばころ『**新猿楽記**』
淫乱女への悪意　二—8
一〇四〇〜一〇四四年ころ『**大日本国法華経験記**』
美僧、女を裏切って焼き殺される（道成寺型説話の原形）　五—2
一〇五八年ころ『**本朝文粋**』
ちんを擬人化した漢詩「鉄槌伝」　二—5

一一三〇年ころ『**今昔物語集**』
エロ老医師、美人患者にだまされる　二—9
三蔵法師、死臭漂う女の体を舐め経を得る　四—5
王朝のサドマゾ　四—5
〝閘〟（ちん）を消す魔法　四—6
昼寝中の僧、蛇とセックス　五—15
平安後期『**富家語**』　一一五一〜一一六一年の関白忠実の言談記録
忠実、信雅・成雅父子と関係　四—2
十二世紀後半〜十三世紀初頭『**有明けの別れ**』
男として育ったヒロイン、継父に性的虐待された女と結婚　三—5
一一七四年以後『**今鏡**』
太政大臣、大勢の幼女と同衾　三—2
平安末期〜鎌倉初期『**古本説話集**』
祈って吉祥天女を妻にした男、浮気して精液を返さ

れる　五—9

十三世紀『**小柴垣草紙**』
九八六年の斎宮の密通を題材にしたポルノ絵巻　三—3

十三世紀前半『**宇治拾遺物語**』
坊さん、〝玉茎〟(ちん)を切り捨てたと称し物乞い　四—7
女を諦めるため、大便を盗む男　四—7
下ネタで貴人の心をつかむ芸人　四—7

一二五四年『**古今著聞集**』
若侍、六十の女を寵愛　二—9、四—8
「好色篇」を創設　四—8
僧、尼に扮して美人尼に接近　四—8
〝つびは筑紫つび〟〝まらは伊勢まら〟は嘘　四—9
ちんの小ささが濡れ衣晴らす　四—9

一三一三年以前『**とはずがたり**』
後深草院、初体験相手の妊娠中から腹の子を狙う　四—2

一三七八年『**剪灯新話**』中国(明代)の怪奇小説集
「牡丹灯籠」の原話「牡丹灯記」では幽霊女の淫らさを強調　五—6

室町時代〜江戸初期『**おようの尼**』
老僧、だまされて七十尼とセックス　五—2

十七世紀前半『**醒睡笑**』
坊さん、稚児とその父とも男色関係　四—2
大金玉男　五—16

十七世紀前半『**昨日は今日の物語**』
坊さん、姉妹を男にすると称して犯す　四—1

一六六一年『**片仮名本・因果物語**』
亡き夫の霊、妻をさいなむ　五—11

一六六三年『**曽呂利物語**』
商人、女を裏切り体を裂かれる(道成寺型説話)　五

―2
一六六六年『伽婢子』
幽霊に魅入られた男(「牡丹灯籠」)　五―6
祈って幽霊とセックスする男　五―9
一六七七年『諸国百物語』
美僧、女を裏切り食い殺される(道成寺型説話)　五―2
美人妻、遺言で黒漆の女となり、後妻や夫を殺す　五―7
男を巡る母娘の確執　五―12
腰元、美人妻に憑いたとされ、牛裂きの刑　五―12
一六八二年『好色一代男』
主人公のセックス相手の数の多さを強調　五―3
高貴な寡婦・奥方の密会方法　五―3
一六八六年『好色一代女』
好色坊主　五―3
大名の奥方、側室そっくりの人形を苛む　五―3
五十九歳で十七歳と称する売春婦　五―4
振り袖姿で町に立つ六十五歳の女　五―4
一六八七年『男色大鑑』
男色人形　五―3
元禄年間(一六八八～一七〇四年)『善悪報ばなし』
妻が愛人や下女を虐待、報いで死ぬ　五―11
一七六八年『西山物語』
相思相愛を引き裂かれ幽霊となった女、男と逢瀬　五―10
一七七六年『雨月物語』
屍姦、人肉食、道成寺説話を下敷きにしたストーカー殺人など　五―8
一八〇七年『梅花氷裂』
妊娠中の妾を虐待死させた妻、グロな最期　五―13
一八一〇～一八一八年『七番日記』一茶の句日記

詳細なセックス回数を記録　五―14
一八一九年（本の発行は一八五二年）『**おらが春**』
蛇の祟りでちんが役立たずに　一―12、五―15
一八〇二〜一八二二年『**東海道中膝栗毛**』
戸塚の大金玉乞食　五―16
一八二五年『**東海道四谷怪談**』
相思相愛の美男美女、男の裏切りから奈落へ　五―1
一八四九年『**想山著聞集**』
戸塚の大金玉乞食、伊豆の大金玉の売買　五―16

参考文献一覧

1　テキスト

倉野憲司・武田祐吉校注『古事記・祝詞』日本古典文学大系　岩波書店　一九五八年

山口佳紀・神野志隆光校注・訳『古事記』新編日本古典文学全集　小学館　一九九七年

小島憲之・直木孝次郎・西宮一民・蔵中進・毛利正守校注・訳『日本書紀』一〜三　新編日本古典文学全集　小学館　一九九四〜一九九八年

秋本吉郎校注『風土記』日本古典文学大系　岩波書店　一九五八年

塙保己一編『本朝皇胤紹運録』……『群書類従』第五輯（続群書類従完成会　一九八七年）所収

小島憲之・木下正俊・佐竹昭広校注・訳『萬葉集』一〜四　日本古典文学全集　小学館　一九七一〜一九七五年

青木和夫・稲岡耕二・笹山晴生・白藤禮幸校注『続日本紀』三　新日本古典文学大系　岩波書店　一九九二年

片桐洋一校注・訳『竹取物語』、福井貞助校注・訳『伊勢物語』……『竹取物語・伊勢物語・大和物語・平中物語』（日本古典文学全集　小学館　一九七二年）所収

先坊幸子・森野繁夫編『干寶　捜神記』白帝社　二〇〇四年

竹田晃訳『捜神記』平凡社ライブラリー　平凡社　二〇〇〇年

中野幸一校注・訳『紫式部日記』……『和泉式部日記・紫式部日記・更級日記・讃岐典侍日記』（新編日本古典文学全集　小学館　一九九四年）所収

川端善明・荒木浩校注『古事談・続古事談』新日本古典文学大系　岩波書店　二〇〇五年
黒板勝美・国史大系編修会編『尊卑分脈』第一篇～索引　新訂増補国史大系　吉川弘文館　一九八七～一九八八年
増補「史料大成」刊行会編『権記』二　増補史料大成　臨川書店　一九六五年
柳瀬喜代志・矢代和夫・松林靖明校注・訳『将門記』……『将門記・陸奥話記・保元物語・平治物語』（新編日本古典文学全集　小学館　二〇〇二年）所収
黒板勝美・国史大系編修会編『日本紀略後編・百錬抄』国史大系　吉川弘文館　一九六五年
中野幸一校注・訳『うつほ物語』一～三　新編日本古典文学全集　小学館　一九九九～二〇〇二年
阿部秋生・秋山虔・今井源衛校注・訳『源氏物語』一～六　日本古典文学全集　小学館　一九七〇～一九七六年
臼田甚五郎校注・訳『催馬楽』……『神楽歌・催馬楽・梁塵秘抄・閑吟集』（日本古典文学全集　小学館　一九七六年）所収
木村紀子訳注『催馬楽』東洋文庫　平凡社　二〇〇六年
小島憲之校注『本朝文粋』（抄）……『懐風藻・文華秀麗集・本朝文粋』（日本古典文学大系　岩波書店　一九六四年）所収
木村正中・伊牟田経久校注・訳『蜻蛉日記』……『土佐日記・蜻蛉日記』（新編日本古典文学全集　小学館　一九九五年）所収
松尾聰・永井和子校注・訳『枕草子』新編日本古典文学全集　小学館　一九九七年
小沢正夫校注・訳『古今和歌集』日本古典文学全集　小学館　一九七一年
槇佐知子全訳精解『医心方』巻第二十八房内篇　筑摩書房　二〇〇四年
三谷栄一・三谷邦明・稲賀敬二校注・訳『落窪物語・堤中納言物語』新編日本古典文学全集　小学館　二〇〇〇年

大曾根章介校注『新猿楽記』……『古代政治社会思想』（日本思想大系　岩波書店　一九七九年）所収

山中裕・秋山虔・池田尚隆・福長進校注・訳『栄花物語』一～三　新編日本古典文学全集　小学館　一九九五～一九九八年

竹鼻績全訳注『今鏡』上・中・下　講談社学術文庫　一九八四年

浅見和彦校注・訳『十訓抄』新編日本古典文学全集　小学館　一九九七年

『小柴垣草紙』……永青文庫春画展日本開催実行委員会編『SHUNGA』（春画展日本開催実行委員会　二〇一五年）所収

大槻修訳・注『有明けの別れ』全対訳日本古典新書　創英社　一九七九年

高橋忠彦『文選』（賦篇）下　新釈漢文大系　明治書院　二〇〇一年

小高敏郎校注『きのふはけふの物語』……『江戸笑話集』（日本古典文学大系　岩波書店　一九六六年）所収

安楽庵策伝／鈴木棠三校注『醒睡笑』上・下　岩波文庫　一九八六年

久保田淳校注・訳『とはずがたり』……『建礼門院右京大夫集・とはずがたり』（新編日本古典文学全集　小学館　一九九九年）所収

山根對助・池上洵一校注『富家語』……『江談抄・中外抄・富家語』（新日本古典文学大系　岩波書店　一九九七年）所収

中田祝夫校注・訳『日本霊異記』新編日本古典文学全集　小学館　一九九五年

石田瑞麿校注『源信』（『往生要集』）日本思想大系　岩波書店　一九七〇年

馬淵和夫・国東文麿・稲垣泰一校注・訳『今昔物語集』一～四　新編日本古典文学全集　小学館　一九九九～二〇〇二年

山田孝雄・山田忠雄・山田英雄・山田俊雄校注『今昔物語集』一～五　日本古典文学大系　岩波書店　一九五九～一九六三年

『神僧伝』……「大正新脩大蔵経テキストデータベース」http://21dzk.l.u-tokyo.ac.jp/SAT/ddb-sat2.php

慧立・彦悰著／長澤和俊訳『玄奘三蔵―大唐大慈恩寺三蔵法師伝―』光風社出版　一九八八年
小林保治・増古和子校注・訳『宇治拾遺物語』新編日本古典文学全集　小学館　一九九六年
永積安明・島田勇雄校注『古今著聞集』日本古典文学大系　岩波書店　一九六六年
西尾光一・小林保治校注『古今著聞集』上・下　新潮日本古典集成　新潮社　一九八三年・一九八六年
郡司正勝校注『東海道四谷怪談』新潮日本古典集成　新潮社　一九八一年
井上光貞・大曾根章介校注『大日本国法華経験記』……『往生伝・法華験記』（日本思想大系新装版　続日本
仏教の思想　岩波書店　一九九五年）所収
坂本幸男・岩本裕訳注『法華経』上・中・下　岩波文庫　一九六二～一九六七年
『賢学草子』……工藤早弓『奈良絵本』下（京都書院アーツコレクション　一九九八年）所収
高田衛編・校注『曽呂利物語』『片仮名本・因果物語』……『江戸怪談集』中（岩波文庫　一九八九年）所収
『おようの尼』……西沢正二『名篇御伽草子』（笠間書院　一九七八年）所収
太刀川清校訂『諸国百物語』……『百物語怪談集成』（叢書江戸文庫　国書刊行会　一九八七年）所収
高田衛編・校注『諸国百物語』……『江戸怪談集』下（岩波文庫　一九八九年）所収
暉峻康隆校注・訳『好色一代男』・東明雅校注・訳『好色一代女』……『井原西鶴集』一（新編日本古典文学全
集　小学館　一九九六年）所収
暉峻康隆校注・訳『男色大鑑』……『井原西鶴集』二（新編日本古典文学全集　小学館　一九九六年）所収
松田修・渡辺守邦・花田富二夫校注『伽婢子』新日本古典文学大系　岩波書店　二〇〇一年
竹田晃・小塚由博・仙石知子『剪灯新話』中国古典小説選　明治書院　二〇〇八年
高田衛校注・訳『西山物語』『雨月物語』……『英草紙・西山物語・雨月物語・春雨物語』（新編日本古典文学
全集　小学館　一九九五年）所収
中村義雄・小内一明校注『古本説話集』……『宇治拾遺物語・古本説話集』（新日本古典文学大系　岩波書店
一九九〇年）所収

高田衛編・校注『善悪報ばなし』……『江戸怪談集』上（岩波文庫　一九八九年）所収
小松茂美編集・解説『北野天神縁起』続日本の絵巻　中央公論社　一九九一年
佐藤深雪校訂『梅之与四兵衛物語　梅花氷裂』……『山東京伝集』（叢書江戸文庫　国書刊行会　一九八七年）所収
『浅間嶽面影草紙』『逢州執著譚』……国民図書編『柳亭種彦集』（近代日本文学大系　国民図書　一九二六年）所収
矢羽勝幸校注『一茶　父の終焉日記・おらが春　他一篇』岩波文庫　一九九二年
丸山一彦校注『一茶　七番日記』上・下　岩波文庫　二〇〇三年
永積安明校注・訳『徒然草』……『方丈記・徒然草・正法眼蔵随聞記・歎異抄』（新編日本古典文学全集　小学館　一九九五年）所収
中村幸彦校注『東海道中膝栗毛』日本古典文学全集　小学館　一九七五年
森銑三・鈴木棠三編『想山著聞奇集』……『日本庶民生活史料集成』第十六巻（三一書房　一九七〇年）所収
片桐洋一校注『後撰和歌集』新日本古典文学大系　岩波書店　一九九〇年

2　参考文献・参考サイト

芝崎みゆき画・文『古代エジプトうんちく図鑑』　バジリコ　二〇〇四年
芝崎みゆき画・文『古代ギリシアがんちく図鑑』　バジリコ　二〇〇六年
吉田敦彦『世界の始まりの物語』　大和書房　一九九四年
三浦佑之『古事記講義』文藝春秋　二〇〇三年
三浦佑之『口語訳古事記　完全版』　文藝春秋　二〇〇二年
鎌田東二編著『サルタヒコの旅』　創元社　二〇〇一年
中村方子監修・山村紳一郎文『あなたの知らないミミズのはなし』　大月書店　二〇〇七年

山口博『万葉集の誕生と大陸文化』 角川書店 一九九六年
角田文衛『角田文衛著作集』第七巻 法蔵館 一九八四年
豊田国夫『名前の禁忌習俗』 講談社学術文庫 一九八八年
ルイス・フロイス著／岡田章雄訳注『ヨーロッパ文化と日本文化』岩波文庫 一九九一年
橋本治『窯変 源氏物語』七 中央公論社 一九九一年
梅山秀幸『後宮の物語』 丸善ライブラリー 一九九三年
石井良助『日本婚姻法史』 創文社 一九七七年
五味文彦『院政期社会の研究』 山川出版社 一九八四年
大畑末吉訳『完訳アンデルセン童話集』一 岩波文庫 一九八四年
福井貞助『伊勢物語生成論』 有精堂出版 一九六五年
北山茂夫『平将門』 朝日選書 朝日新聞社 一九九三年
山中裕『平安朝の年中行事』 塙選書 塙書房 一九七二年
陳垣著／西脇常記・村田みお訳『中国仏教史籍概論』 知泉書館 二〇一四年
宮田尚「今昔物語集と大唐大慈恩寺三蔵法師伝」……「国文学研究」三(梅光女学院短期大学国語国文学会 一九六七)所収
湯本豪一編著『妖怪百物語絵巻』 国書刊行会 二〇〇三年
大塚ひかり『本当はエロかった昔の日本』 新潮社 二〇一五年
大塚ひかり『ひかりナビで読む竹取物語』 文春文庫 二〇一三年
大塚ひかり『ブス論』 ちくま文庫 二〇〇五年
Durex社調査：世界各国のセックスの頻度と性生活満足度…… www.teidan.co.jp/wp/wp-content/uploads/13-5.pdf

3　参考辞典・辞書類

日本大辞典刊行会編『日本国語大辞典』縮刷版　一〜一〇　小学館　一九七九〜一九八一年
浜島書店編集部編著『新詳日本史図説』浜島書店　一九九八年
小泉袈裟勝編著『図解単位の歴史辞典』新装版　柏書房　一九八九年
尚学図書言語研究所編『国語国文学手帖』小学館　一九九〇年

本書は、「週刊漫画ゴラク」（日本文芸社）二〇一四年八月十五日号～二〇一六年一月一日号に連載された「古典でエロチャージ」、および「美的」（小学館）二〇一〇年十一月号掲載記事（第一章13話）を加筆修正、一冊にまとめたものである。

日本《にほん》の古典《こてん》はエロが9割《わり》
ちんまん日本文学史《にほんぶんがくし》

2016年6月10日　第一刷発行

著者
大塚《おおつか》ひかり

発行者
中村 誠

印刷所
誠宏印刷株式会社

製本所
大口製本印刷株式会社

発行所
株式会社日本文芸社
〒101-8407 東京都千代田区神田神保町1-7
TEL03-3294-8931(営業) 03-3294-7760(編集)
URL http://www.nihonbungeisha.co.jp/

ISBN978-4-537-26143-1
112160525-112160525Ⓝ01
編集担当・村松